新說　狼與辛香料

狼與羊皮紙 9

支倉凍砂
Isuna Hasekura

Illustration
文倉 十
Jyuu Ayakura

流浪佈道師
皮耶雷
「為了神派來凡間的聖人托特・寇爾，
為了正確傳布神的教誨，
在下甘願化為改革的基石！」

狼與旅行商人的女兒
繆里
試圖促進教會改革的「黎明樞機」
托特・寇爾

「抱歉，黎明樞機閣下。很高興你別來無恙。」
繆里傭兵團團長
魯華．繆里
「魯華叔叔！」

「別這樣叫我嘛，魯華先生。」

「神啊，救救我們。」
我低語著伸直右手。
始終看著腳尖的人們抬起頭，
單純是因為看見了大教堂的尖塔吧。
我就只是站得遠遠地，
像個傻瓜一樣，
伸手指示方向而已。

Contents

新說　狼與辛香料

狼與羊皮紙 9

Kadokawa Fantastic Novels

WORLD MAP
N
E
S
凱森
迪薩列夫
阿蒂夫
多蘭平原
樂耶夫山
約伊茲
薩連頓
薩羅尼亞
勞茲本
托尼堡
拉波涅爾
堂斯格
凱勒科
伊克
凱爾貝
樂耶夫河
紐希拉
斯威奈爾
雷斯可
托爾金
溫菲爾王國
雷諾斯
羅姆河
普羅亞尼國
特列歐
恩貝爾
艾修塔特
歐柏克
卡梅爾森
拉姆特拉
崔尼國
波羅遜
留賓海根
帕茲歐
約連
雅肯
斯拉烏德河
帕斯羅
往雅肯、艾修塔特

地圖繪製／出光秀匡

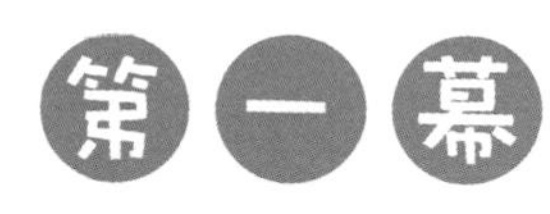
第一幕

據說大學城的粗俗猥鄙，連神都不敢卒睹，其中雅肯尤為出名。然而老街的小角落裡，倒還落得清靜。

我就在如此深巷之中的廢棄禮拜堂裡。

教會徽記已從牆上拆下，講桌不是賣了就是劈成了柴。但多虧善心人士不時整理，仍保有往口的靜謐與知性氣息。

如同我們看不見神，卻能時時意識到神的存在，即使少了徽記和講桌，這裡仍是禮拜堂。

我自然地跪下，合十禱告。

在如此能近距離感受到神的呼吸，心平氣和的寶貴時刻——

「大～哥～哥～！」

門碰一聲打開，聽都聽膩了的粗魯呼喚響遍禮拜堂。

我強忍嘆氣的衝動，努力維持平常心繼續禱告時，聞到一股很香的味道，使得沒吃早餐的我忍不住回了頭。

「大哥哥你看你看！這個派裝了這～麼多肉耶！快點站起來！」

頭髮紮得像狗尾巴的繆里把我當巨無霸蕪菁似的拔起來。身上有煙燻味、烤麵包味，以及剛揉過麵團的獨特氣味。

露緹亞出現在她背後，手上抱著像是大盆子的東西，用布蓋著。看來繆里是去幫她烤派了。

「這個肉還有祕密喔！把牛跟豬混合起來，還加了一點山羊！」

繆里在紐希拉老家是專門偷吃，要教她做菜馬上就跑出廚房。大概是做這個巨大肉派，對她來說就像玩泥巴一樣吧。

繆里笑呵呵地一邊說著製作過程，一邊和我用棄置在禮拜堂裡的長桌等家具擺出一個大平面，露緹亞再把肉派放上去。

不久，禮拜堂外傳來招呼聲，是露緹亞那些學生同伴帶飲料和食物過來了。繆里過去幫忙，露緹亞查看派的狀況並小聲說：

「我跟繆里和好嘍。」

以調侃口吻這麼說之後，大概是因為先前那件事，她自嘲地縮縮脖子。幫她們解決大學城特有的問題時，發生了很多事。

尤其是露緹亞的問題特別複雜——她居然故意暗中作梗，不讓人替她解決問題。

之所以這麼做，是因為她敬愛的領主夫婦都已離開人世，她無法接受自己無家可歸，長期以來逃避現實的緣故。

以為在大學城製造永遠解決不了的問題，就能永遠當個學生，留住時間。

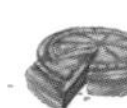

可是這麼做，根本算不上健全。於是我自知多事也決定介入，喚醒露緹亞。而她心靈深處似乎也知道總有一天非得面對現實不可，幾經波折之後總算接受了。

不過事情沒有這樣就圓滿結束，還有一個問題要解決。

那就是繆里受到露緹亞感召，成為陰謀共犯後，在過程中欺騙了我這個兄長。

露緹亞是繆里除了母親之外，第一個認識的狼之化身，兩人身高又相近，感覺特別親近吧。而且露緹亞的問題，對繆里而言也是意義重大。

但騙人這種事我無法容忍，繆里也知道自己做的是壞事，夾住了尾巴。

所以我拿出兄長的樣子，給了她應有的處罰。

用的是露緹亞的眼淚。結果看樣子，效果好像強過了頭。

「你沾了一身我的氣味回去以後，一定還說了些引人想像的話吧？她嚇得不輕喔。為我會不會把你搶走擔心得要命，我否認到都快煩死了。」

露緹亞一邊查看派烤得怎麼樣，一邊這麼說。

繆里自己則是從學生手中接下一整箱的食物，搖搖擺擺地搬過來。

「這部分，那個……抱歉給妳添麻煩了。」

繆里在野性全盛時，就算綁著尾巴倒吊起來也會笑個不停，想不到她會對這種事怕成這樣。

「不過追根究柢，這都是我的錯啦，況且——」

露緹亞的臉稍微湊過來，嘻嘻一笑。

「一方面對她說我根本不想搶她心愛的大哥哥，一方面又瞞著她你告訴我的祕密，讓我有一點優越感。」

「……」

笑容頗具深意的露緹亞噗哧一笑。

「開玩笑的啦。」

露緹亞說得沒錯，我確實為了贏得她的信任，對她說了一個連繆里都不知道的祕密。

但那只是信賴的象徵，沒有其他意思。應該吧。

「世界形狀的事，等我有發現就通知你。我也好久沒受到求知欲的刺激了。」

日前那場風波中，我對她坦白的事，是關於異端中的異端。

「這件事，怎麼說，跟那個所謂的新大陸有關吧？繆里動不動就想說服我搬到那裡去。」

露緹亞笑得有點乾。

看著繆里布置酒會的眼神，甚至有些憧憬。

「我從來沒想過，還可以去建立只屬於非人之人的國家。」

在那裡，與敬愛的領主夫婦天人永隔的露緹亞，也不用再害怕孤單了。

這麼想時，露緹亞忽然把嘴湊到我耳邊。

「你也在的話，我是可以考慮搬過去喔。」

「咦！」

反問時，露緹亞已飄然離去。

為布置酒會指揮學生的模樣，完全是平時的她。

我看著這樣的她，感嘆狼這種東西，真的每一個都是看到了羊就要嚇唬一下取樂才甘心。

而且要是說悄悄話被繆里發現，事情又要麻煩了。

於是我也加入布置。

當主角肉派周圍酒食如山，來幫忙的學生拿了點派和肉當酬勞回去時，迦南、他的護衛和魯・羅瓦正好到了。

這場酒會，是為了感謝我們解決北方貧困學生的問題而設，不過露緹亞已經給了我們十足的回報。

現在魯・羅瓦就是在報告這件事。

「關於印製聖經用的紙呢，在露緹亞閣下的幫助下，已經確保了相當充足的分量。」

這也是我們來到雅肯的目的。問題是聚集於大學城的紙坊每間都需要很多紙來印製教科書，不是說買就買得到的東西。

再加上雅肯又離王國太遠，想長期進貨有其困難。

所以露緹亞替我們居中代理，實在幫了我們大忙。

「該謝的不是我，是迦南才對。多虧他要帶人來教訓教授公會，才能選擇多到快滿出來的便宜神學書當課本，不必再買紙印書了。」

「也算不上什麼教訓啦……」

迦南聽了露緹亞的解釋，連忙放下啃到一半的肉派，難為情地縮著脖子說：

話雖如此，迦南那邊的人談起信仰比誰都更熱衷，很容易想像他們罵起那群緊抱既得利益不放的教授是什麼樣子。

「然後前不久，學生們送來了這個。」

魯·羅瓦這麼說後，迦南也嚼著派站起來，攤開一大張紙給大家看。

「哇，地圖？」

唯一吃到第三塊派的繆里瞪大了眼。

「這裡真不愧是大學城。這是請了好幾位在外漂泊多年的學生畫出來的，你們看多仔細。保證是每間商行都搶著要，價值不菲啊。」

地圖是以雅肯為中心，描繪出大陸的週邊地形。

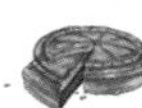

繆里看得入迷到手上的派都忘了吃。

「準備這張地圖為的不是別的，就是方便黎明樞機召集戰友。」

魯．羅瓦說到這裡，忽然傳來「啊嗯」一聲不知是人是物發出來的聲音。

原來是繆里把派塞進了嘴裡。

亮澄澄的眼睛，就像在說吃飽才有力氣打仗一樣。

「如各位所知，最近的嚴厲批判，把教會氣到要召開塵封近八十年的大公會議，想找全世界的聖職人員來打垮黎明樞機。想打贏這場仗，戰友再多也不夠。」

「開戰啦！」

我祈求神原諒這野丫頭，用力壓下她的腦袋，要她至少嚥下去再說話。

「雖然不會真的戰火連天，但有個詞叫做『理論武裝』。」

新學到的字詞，似乎撩起了繆里的心弦。

魯．羅瓦見到她弓著背直發抖，笑著繼續說：

「回王國之前，我想我們需要為比較可能加入我們的人列一份名單。然而我對聖職世界不夠了解，這部分得請迦南閣下代勞。」

話題人物迦南正經八百地說：

「不僅是雅肯有許多人與寇爾先生的思想起共鳴，在我從王國回到大陸的這段旅途上，這樣的人也是多得讓我非常吃驚。如果能請到向魯・羅瓦先生買書的貴族協助，或許能列出一份很可觀的名單。」

「但是要知道，我們沒辦法全都拜訪一遍。」

繆里帶著不解的表情抬起頭來。僅僅是橫跨這張地圖上的區域，就要花上好幾個月了吧。

「是的。所以我們會以寄信或派遣使者為主，但是重點人物，就必須請寇爾先生親自到訪了。為此，我們要借助露緹亞小姐的管道，請求來自世界各地的學生和教授協助。」

繆里對迦南問：

「從近的一個一個找不就好了嗎？」

「其實這樣不是不行，但這方面的事有它特殊的難處在。就像這個派一樣。」

「？」

看著魯・羅瓦對歪起頭的繆里微笑，我也明白了他想說什麼。

「也就是說，第一塊切給誰，或是給誰切了多大的派，都可能造成某些人的不愉快。」

繆里傻了一會兒才終於明白我的意思。

然後立刻嘟起了嘴。

「大哥哥，你這是什麼意思！」

「就是那個意思。是哪個人臉皮那麼厚，一開始就跳出來討最大最好吃的那塊啊？」

「～！」

兩眉倒豎的繆里鼓脹臉頰，轉向一邊去。

實際把繆里的第四塊切得較大的露緹亞也笑了。

迦南微笑著繼續說明：

「有的人會因為我們邀請的順序而加入我們，也有人會因此生我們的氣。基本上，需要從地位最高的人開始拜訪。」

可是聯絡高階聖職人員，消息可能會流入教會主流派耳裡。為了避免行動暴露給教會知道，需要挑選會盡可能保密的人作戰友，同時動作要快。

而且路途並不是筆直無阻。走哪條路，如何走訪各地宮廷教會，是個令人頭痛的問題。

這時露緹亞開口了：

「既然都來到這裡了，就乾脆去皇宮碰碰運氣怎麼樣？」

「皇宮？」

露緹亞將烘焙坊用的長刀刺在長桌上，頗具狼性地說：

「憑黎明樞機，應該不會有吃閉門羹的事。小動物獵再多也填不飽肚子，要獵就獵……獵物的首領。」

還做出啃咬的動作。

「前不久，皇帝不是才跟教會發生領土糾紛，鬧到軍隊在平原上結了又散的嗎？願意站我們這邊的可能，說不定很高喔。」

如此說來，或許真的不是那麼亂來。這時魯．羅瓦也說；

「皇帝陛下和教宗大人的事，我這邊也有耳聞。以最終目標來說，得到皇帝的支持自然是有其必要。不過，那個宮廷可是複雜中的複雜，進去之前可得徹底打穩基礎才行。」

「複雜……？喔對，選帝侯那些吧。」

「正是。」

魯．羅瓦和露緹亞的對話使繆里突然安靜下來，扯扯我的袖角。

並以極其嚴肅的表情耳語：

「皇、皇帝是那個傳說中幹掉過龍的人嗎？」

「……」

我立刻對分不清故事和現實的妹妹大致解釋了一遍。

這裡說的皇帝，指的是「南方帝國」沃利亞神聖帝國的統治者，同時也是當今世上唯一稱為皇帝的人物。

這個南方帝國之所以冠上「神聖帝國」這麼誇張的名號，還擁有象徵王中之王的皇帝，自然有其典故——這個帝國主張自己是毀滅於千百年前的古帝國衣缽後繼者。

據說古帝國瓦解之初，各方領土群起叛亂，互相征戰。生靈塗炭的戰火持續了很久，就是打不出個結果，最後厭倦戰爭的七大勢力選擇了坐下談和。認為再這樣消耗國力沒有意義，應該從七國之中選出一個作首領，成為古帝國的正統繼承人。

幅員廣大的七大勢力，就這麼合併成了一個帝國。

他們是由五名大貴族及兩名大主教組成，全都具有候選為帝的權利，故稱選帝侯。

「咦……奇怪，那這樣說來，帝國不就是教會那邊的嗎？」

聽我大致講解了帝國的由來，繆里注意到選帝侯當中有大主教存在。

迦南吃了口派，以餐巾擦嘴後說：

「其實背後糾葛有點複雜。這兩位有選帝侯身分的大主教，對於家族與古帝國時期的古代教會有直接關聯抱有極高的自負，不承認現任教宗這般的完全權威。」

見到繆里還不太懂的樣子，魯．羅瓦補充道：

「總之就是偉大祖先的子孫在爭遺產啦，教會的歷史也是非常久遠的。」

繆里為魯．羅瓦簡單明瞭的說明直點頭，來自教會的迦南則是清咳兩聲裝作沒聽見，繼續解釋道：

「如果皇帝願意支持我們，那肯定是沒有比他更可靠的了。然而皇帝畢竟是由選帝侯選出，需要先打點好其他選帝侯，不然很難說服。」

露緹亞點點頭，鬆開交抱的手。

「所以最好是先求穩，找容易拉攏的諸侯或大主教了吧。」

「而且動作一定要快，不然恐怕會受到教會阻撓。因此，露緹亞小姐妳管理著各地的學生，或許比較了解這周圍的水土地理，能幫我們多爭取點時間。」

地圖上直線距離近的地方，實際上可能受到山川阻隔，需要繞道。

另外像是當地有大型慶典的時期，領主可能會忙於處理領地事務，使我們苦吞名為款待的乾等。決定遊說目標時，必須將這些資訊都考慮進去。

露緹亞聳聳肩，立刻和迦南與魯．羅瓦對著地圖討論起來。

這樣的情景，使我體會到這場大陸方面的戰鬥真的已經開始了。

能召集多少戰友，可說是會直接影響到大公會議的勝負。

將神經緊繃到都痛了時，我忽然注意到愛死這類故事的野丫頭靜得出奇。

往旁一看，她正專注地在手上的紙寫東西。

原以為是在抄地圖，結果不知為何，畫的是個人。

「妳在畫什麼？」

我小聲問道，而繆里表情認真地對我說：

「大哥哥，你終於要進攻國王他們那邊了吧？」

「……不是進攻，是勸說。」

「還不是一樣？」

她反過來一副我什麼都不懂的樣子，用手上的碎炭戳戳我胸口。

「大哥哥，你到底懂不懂啊？」

「嗯……懂什麼？」

「受不了，你真的是喔……」

繆里無奈地直搖頭，猛地湊過來說：

「大哥哥可是黎明樞機耶，不可以穿得這麼普通，一定要有模有樣才行！」

這身沒有裝飾的樸素服裝，可是我在紐希拉腳踏實地賺錢，慢慢湊來的。為追尋教會應有面貌而下山奔波的我，認為沒有其他服裝比它更適合我，但繆里卻不這麼想的樣子。

「要知道，頂著這麼亂的頭髮，穿這麼皺的衣服，人家只會覺得你瞧不起國王他們啦！」

我以為頭髮睡亂了而壓了幾下，但沒有那種感覺。

再說我也有我的道理。

「聽好了，繆里。神的正確教誨是不變的真理，從誰的嘴巴裡說出來都一樣，和我穿什麼衣服也沒有關係。只要是有信仰的人，就一定——」

一定會答應我的請願。

如此相信而說出的話中途停頓，是因為不僅是繆里，連露緹亞、魯・羅瓦都看著我。

「只有你一個人這樣想啦。」

繆里誇張地聳肩嘆氣，用炭筆指向迦南。

「連迦南小弟都站在我這邊。」

「咦，我、我是……」

任職於教廷的迦南只是這樣回答，沒有明確否認。

而且迦南這身打扮，無論誰來看都一眼認得出是高階聖職人員。

「應該說——」

說話的是露緹亞。

「那是會見有身分地位的人時應有的禮儀。」

「唔！」

我身邊的貴族，就只有並不注重權威的海蘭一個。

可是那麼不拘小節又富有同理心的人實在不多，說不定繆里才是對的。

只不過傳布神的教誨卻要穿金戴銀的這種貪性，正是我亟欲匡正教會的原因之一。

為矛盾苦惱時，完全不在乎這些事的繆里就只是一股腦兒地用炭筆在手上的紙畫圖，為人形

輪廓加上衣服。

「聽說大一點的騎士團，會有超級帥的聖職人員在戰場上為騎士施予神的護祐喔。他們的呼喊可以震倒敵人，祈禱可以癒合傷口，揮舞聖經還能撕裂大地呢！所以大哥哥就應該以這樣為目標啦！」

她大概是把聖人傳記、戰爭史詩和幻想故事的情節全都混在一起了，但我還是知道她指的是隨軍祭司。

「總之，雅肯這地方正好適合給寇爾弄件合適的衣服。有很多人想當貴族的私家祭司，所以這方面的裁縫師多得是。」

「在聖職人員的服裝上，我也能提供一點協助。」

露緹亞和迦南這麼說之後，魯．羅瓦再接著補充：

「那我就來找有隨軍祭司的細密畫，找到繆里閣下滿意為止。」

就算魯．羅瓦是在開玩笑，我看我也逃不過換套新衣的命運。

手上盤纏恐怕不夠，有必要聯絡海蘭了，想到就鬱悶。

然而，看了繆里手上的圖，我還是有話要說。

「祭司才不會揹那麼大一把劍呢。」

她把隨軍祭司當成什麼啦。

繆里一臉不服氣，搞錯方向地回嘴說：「那就好好練身體啊！」
當我為此百般無奈，不甘不願地當她拚命思考服裝的樣版時——
她忽然抬起頭，望向禮拜堂外。
露緹亞也晚一拍轉頭，同時外面傳來一陣急促的腳步聲。

廢棄禮拜堂位在雅肯的深巷中，幾乎不會有人路過。
那麼這陣腳步聲的目標肯定就是這裡。果不其然，門敲響了。
「露緹亞小姐，有客人來了。」
是少年的聲音。
「好像是我們的學生……客人？」
露緹亞疑惑地起身，走向門邊。
繆里抓來劍鞘，以防萬一。
「對不起，我有說妳在參加很重要的宴會，可是他說什麼都要立刻見妳。」
接著出現在少年背後的人物，使露緹亞不禁後退。
因為那人鬚髮蓬亂，袍子上到處是汙痕，底下伸出來的雙手細得像鳥腿，只有雙眼仍放出異樣的光芒。

若不是脇下夾了本書，我會以為是乞丐。

「您就是露緹亞閣下嗎！何其年少！」

那人驚訝得鬍鬚都膨脹起來，連忙挺直背脊說道：

「幸會，在下是亞修雷吉的皮耶雷！日前接到了您發出的信，迫不及待就趕來了！」

亞修雷吉的皮耶雷。

手抱厚重書冊，當拐杖用的長樹枝是旅人的標誌。

肩上掛了個布袋，打著赤腳。

流浪佈道師一詞隨即浮現腦海。

這類天天在街頭佈道，傾訴滿腔熱情的聖職人員中，甚至有的誇張到會對路邊的石頭講道。

皮耶雷便是這般故事的體現者，連露緹亞都被他一身火熱給逼退。

「神有您如此高貴的鬥士在這糜爛的世界為正義而戰，著實教人心安啊！」

「這、這個，我……謝謝。」

要是尾巴露在外頭，一定是無措地夾在兩腿之間吧。

迦南起身準備救場，魯．羅瓦笑咪咪地，覺得他很有意思，繆里則是被他的古風語氣勾起興趣，喃喃覆誦。

「可惜不才在下無法響應露緹亞閣下救助學生之呼，深以為恥。所以這次痛定思痛，為行無愧於神誨之義舉而前來拜會！」

那宏亮的聲音，是佈道練出來的吧。

皮耶雷再往露緹亞逼近兩步。

「走吧，露緹亞閣下！我們快去為黎明樞機助陣！」

「這、這樣啊，那麼，皮耶雷閣下，先洗洗塵再上路也不遲吧？」

露緹亞難得支支吾吾地說話。

皮耶雷說得像兩軍已經打起來了一樣，可是大公會議這場與教會的決戰還有一段時日，現在仍處於尋找同志的預備階段。

可是皮耶雷大大地搖了頭。

「不不不，豈有拖沓的道理！在這個當下，黎明樞機也仍在奮戰啊！」

「皮耶雷閣下，黎明樞機他……」

露緹亞安撫皮耶雷之餘往我瞥了一眼。

想讓熱情四射過了頭的他鎮靜下來，恐怕是非要我出面不可了。但就在我起身的那一刻——

「在下也收到消息了！黎明樞機就在萬惡的大教堂城艾修塔特戮力奮戰啊！」

「嗯？咦？」

是誰的疑聲呢。

「快跟在下去保衛神聖的教誨吧！為了神派來凡間的聖人托特．寇爾，為了正確傳布神的教誨，在下甘願化為改革的基石！」

亞修雷吉的皮耶雷這位滿面亂鬚的聖職人員說得滔滔不絕，還手舞足蹈。

但這裡所有人困惑的臉，都不是因為他略嫌激動的熱情。

原先被逼得不斷後退的露緹亞，現在反過來主動接近皮耶雷。

「那是什麼意思？」

不僅是迦南，連繆里都聽傻了。這時忽然啪地一聲，有個不合氣氛的聲音響起。

那是魯．羅瓦拍打自己額頭的聲音。

「被人搶先了呢。」

搶先？

在露緹亞面前熊熊燃燒的流浪佈道師也同樣感到疑問。

「這又是什麼意思？露緹亞閣下您不是正在為黎明樞機招兵買馬，要對抗大教堂城艾修塔特嗎？」

要是露緹亞自制力不夠，說不定狼耳就跳出來了。

轉向我的臉上，滿是那樣的疑惑。

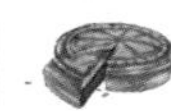

彷彿在問：「你們有那種計畫嗎？」

「露緹亞閣下，您身後的不就是援手嗎？」

皮耶雷的大鬍鬚令人備感威嚴，說話比魯．羅瓦還要咬文嚼字，大概是博學之人的通病。

可是從露緹亞背後注視我們並親切問候的鬍鬚底下，有一張和善的臉。像是在明亮的教堂裡，廣受民眾愛戴的祭司。

「看來我們太悠哉了。」

魯．羅瓦站了起來。

「寇爾先生有冒牌貨了。」

在全員注視下，魯．羅瓦將吃到一半的肉派塞進嘴裡嚼了嚼，唏嘘地嚥下。

為安撫血氣仍盛的皮耶雷，露緹亞和迦南帶他到青瓢旅舍稍作休息。

迦南之所以同行，是因為他十分了解皮耶雷這樣的人，對他問了些複雜的神學問題，他就像隻飢餓的鯰魚大口咬餌了。

露緹亞還咒他被青瓢旅舍那些熱心向學的學生問死算了。

目送旋風般的皮耶雷消失在巷子盡頭後，繆里對魯．羅瓦問：

「大哥哥的冒牌貨是怎樣？」

她口氣還算平穩，可是眉毛都豎起來了。魯．羅瓦先哄兩聲，回到禮拜堂說：

「只要對照幾個城市的年表，多少能發現幾件這樣的事。翻開大城的史冊，也能找到一、兩件對那種人處刑的記錄。」

我也拍拍繆里的背，急著想聽後續而聳著肩膀的繆里才不情願地坐下。

魯．羅瓦為自己手上的杯子倒酒，然後拿起裝葡萄汁的水瓶，往繆里的位子舉了舉。

「盜用身分是吧？」

我當然也有這方面知識。例如某個聖人同時間在距離遙遠的兩個城鎮講道，而受人傳為奇蹟。但想也知道，這單純是有人冒名而已。

會用這種方式欺騙善捐，混口飯吃的人倒還不少。

此外，假冒皇帝私生子、因戰亂而失蹤的大貴族、誰也沒聽說過的遠地國王等而被送上絞刑台的事，每座城都有。

歷史上甚至有巧妙利用那種謠言，當了好幾年城主的人。

然而，我到現在都抹不去「怎麼可能」的想法。

因為這次身分遭盜用，出了冒牌貨的就是我自己。

「這表示，黎明樞機這名字已經出名到這種地步了。」

魯．羅瓦淺喝口酒，有點尷尬地微笑。

「在露緹亞小姐那件事裡，您也稍微感受到了吧。現在的您只要揮一揮手，就能推動巨大的力量。」

露緹亞在自身周圍堆積解決不了的問題，以阻擋孤獨的吹襲。但只要利用迦南的管道，以及我與德堡商行的關係，那些問題就像茅草屋一樣一吹就倒。

這便是聚於黎明樞機名下的人串聯起來的力量。若將此稱為黎明樞機的力量，那的確是非常巨大。

「然後有力量的地方，就會有欲望。只要說聲吾乃黎明樞機，就能壓倒不少人。想利用這種力量的人，其實還挺多的。」

魯．羅瓦說得繆里愈來愈生氣了。

「因為在大陸這邊，見過您容貌的人寥寥無幾，名字卻早已傳遍了南北。我一直覺得這樣的狀況其實有點危險，肯定會有冒牌貨出現，但這比我猜想的還早了一點。」

魯．羅瓦用酒潤潤喉繼續說：

「這有可能是寇爾先生您的名聲漲得太快，抑或是那些騙子認為，在溫菲爾王國揚名的人物，是他們方便下手的目標。」

仗著隔了一道海峽，不太可能遇上認識目標的人嗎。

「而且您這樣的角色，正好適合冒名。」

「角色？」

魯・羅瓦微笑著看向繆里。正確來說，是她手上的紙。

腦筋轉得快的繆里似乎很快就明白了。

她神氣地晃著紙說：

「要假扮屠龍皇帝很困難，如果只是要假扮大哥哥，長得不怎麼樣，穿難看一點的衣服都沒關係啦！」

而且演技不好，說不定還比較像樣呢。她最後補充這麼多餘的一句。

黎明樞機提倡清貧，假扮起來根本花不了多少錢。

「不是正式聖職人員也對他們有利。如果是知名聖職人員，只要找個大一點的教堂問一問，就能找到認識他長相，或是在文書上有過交流的人。」

對騙徒來說根本是上好的肥羊呢。

「可是，假扮大哥哥……？這樣是能做什麼？英雄騎士的話，我自己也想扮扮看啦。」

完全是「扮成這種窮酸鬼一點屁用也沒有」的眼神。

「或許地點就是線索。」

「他有說教堂對不對？艾修塔特？」

繆里傾身到桌上，掃視仍攤開的地圖。

「大教堂城是指由大主教治理的都市，其中的艾修塔特，在這裡。」

魯．羅瓦指著地圖一隅說：

「艾修塔特的大主教，正是選帝侯之一。」

這說明使得繆里呆了片刻，歪起頭問：

「難道大哥哥的冒牌貨，要代替他去說服這個人？啊，可是……」

繆里話剛說完又支吾起來。

「那位皮耶雷閣下說，黎明樞機在那座城奮戰。」

我往地圖看一眼，心裡滿是壞預感。

「……會是冒用我的名聲，自己去對抗教會組織嗎。」

與我們的計畫與考量完全無關。

「往好的方面想，或許是吧。為了救助那些苦於大主教暴政的人挺身而出的事，是十足有可能發生的。」

繆里想吃肉派殘渣而拿起木匙，結果皺著眉銜在嘴裡。

「那他不就……是好人？」

「這是視觀點而定。」

魯・羅瓦難得嚴肅地說：

「假冒聖人的人，在歷史上，全都被視為異端而處刑了。無論是為了幫助誰、為了主持正義或有什麼樣的理由，都不能將假冒的行為正當化。況且，那總歸是不惜以欺騙手段企圖煽動群眾。其中必定有某種錯誤，惡魔也必定會乘隙而入。」

換言之，那種人是能夠為達目的不擇手段的人。

所以無論出發點是惡是善，遲早會在某一處走偏。

光是被那種人盯上就夠頭痛的了，魯・羅瓦還說那是「往好的方面想」。

「……那魯・羅瓦先生，您覺得壞會是怎樣的壞法？」

魯・羅瓦點點頭回答我：

「嗯，多半是利用黎明樞機之名責難大主教，要他吐出不義之財吧。如果對方想花錢消災，那就能迅速大賺一筆。大教堂城艾修塔特是個古老的大城市，還有個知名的大市集，應該是撈了滿金庫的油水才對。」

身在商人世界的魯・羅瓦說得這麼露骨，我和繆里都聽傻了。

「這種事，對我們的目的當然是一大打擊。不僅是因為對方的目標是選帝侯之一的大主教，別忘了教會也在等寇爾先生出醜，惡名一轉眼就會傳遍大陸。」

繆里的眼睛也是那麼快地睜大。

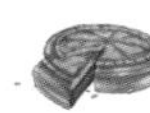

「不能讓這種事發生！」

「所言甚是，所言甚是。」

接著她突然加快木匙速度，將肉派殘渣大口大口塞進嘴裡，用令人不解那細細的喉嚨究竟是怎麼擠下那麼多東西的吞法一口氣嚥下去，一拍長桌說：

「我們現在就要到大教堂城去！」

要是再多亢奮一點，耳朵尾巴搞不好就要蹦出來了。

這樣的繆里看得魯．羅瓦呵呵笑，我無奈嘆息。

在繆里嚷嚷著催我出發時，送皮耶雷到旅舍去的露緹亞和迦南回來了。

倘若放任賊人冒名黎明樞機胡作非為，將使得冤枉的惡評廣布於世，重挫我們與教會的戰況。而且對方的目標還是艾修塔特，與皇帝直接相關的選帝侯所治理的城市。

想當然耳，那位選帝侯的發言在教會組織裡肯定是極具影響力。

那裡本該是與海蘭等人審慎研擬計畫，做好準備再去的地方，現在卻顧不得那麼多了。

皮耶雷聽說的冒牌黎明樞機是真有此事？如果為真，我們必須趕緊掌握這個人究竟在打什麼主意。危險性愈高，就愈是得迅速阻止。

露緹亞去找曾待過艾修塔特的流浪學生，魯・羅瓦利用商人管道探詢艾修塔特的消息。迦南向皮耶雷詢問細節後，也去問雅肯教堂是否聽說過些什麼。

感到我真的有一群可靠幫手的同時，我這個身在漩渦當中的黎明樞機卻只是一個人待在旅舍房間裡。

「你就是這樣才會有冒牌貨啦。」

繆里為整裝而急急忙忙趕去雅肯市場，奔波到日暮才回來，發現兄長在房裡一副無所適從的樣子，不敢置信地大聲嘆氣。

「喂，抬頭挺胸，拿點樣子出來！」

在露緹亞那件事裡，她為幼稚的錯誤設想白費心機，還被我罵得都快哭了，現在卻拍著我的背說這種話。

「如果大哥哥平常就跟傳說中的騎士一樣，人家就沒那麼容易模仿了啦！」

這恐怕很難說，但我了解她的意思。

「先不說傳說中的騎士，古代國王都會有別名，就是因為這個緣故吧。」

脫口而出的低語使得繆里的耳朵豎了起來。

「像赤髯王巴爾巴，光頭王喬安什麼的，著名的國王不都有這種稱呼嗎？」

熱愛英雄故事的繆里低聲說：「的確沒錯。」

接著那少女的紅眼睛直視著我。

「……斜肩大哥哥？」

那一刻的我，的確是很適合這種別名。

「腸胃虛弱的……喔不，愛操心的？死正經、呆頭鵝……啊，不懂事？那愛生氣好像也不錯。」

中途就變成單純說壞話或埋怨了，可見繆里對我沒有半點正面評價。

「我就是比不上太陽聖女啦。」

聽我無力地這麼說，繆里眨了眨她的紅眼睛，不懷好意地縮著脖子笑。

「放心啦，大哥哥。等你站到冒牌貨面前，人家馬上就會知道誰才是真的了。」

她平常對我這裡嫌那裡挑，但也會有這樣寬心相對的時候。

會動不動就順了她的意，說不定就是她在這方面紮實繼承了賢狼之血的緣故。

可是，這少女的經驗還不夠繼承賢狼之名。

「如果是這樣就好了。」

「嗯？」

繆里解開繡有騎士團徽記的腰帶仔細折好，視線和狼耳一起轉過來。

「如果要證明我才是真的，事情應該會有點困難。」

「……」

繆里想像屆時情境似的，眼睛看看右邊天花板、左邊天花板，再回到我身上。

「為什麼？」

「如果妳嘴邊有蜂蜜，腳邊又有個空蜜罐，犯人是明顯得很。」

「……」

繆里不滿地瞇起眼睛，尾巴沙沙搖擺。

「如果有兩個妳，除了空蜜罐以外沒別的了，要怎麼辦？」

兩個都像是偷吃蜂蜜的犯人，但沒有決定性證據。

「現實跟聖人的故事不一樣，我並不會引發奇蹟。」

權威這東西雖然實際存在，但摸也摸不著，碰也碰不到。

就連神的使者扮成乞丐，都不見得有人能認出來了。這類故事在聖經上數不勝數。

「可是迦南小弟和魯．羅瓦不都會說你是真的嗎？」

「那對方也帶了幾個同伴，說他是真的怎麼辦？應該說是詐騙集團的話，肯定會這麼做。小老百姓是不會知道到底該相信誰的。」

「咦咦？才不會……」

繆里說到一半，也了解了那是什麼情況。

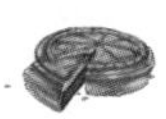

「怎麼這樣……可是、可是，你才是真的嘛！」

我以雙手輕輕推開急得像身歷其境的繆里。

「這樣妳就知道，海蘭殿下至今幫了我們多大的忙吧？」

在溫菲爾王國或其對岸地區，直接見過王族海蘭長相的人並不少。再不然只要展示有王國印記的文件，任誰都會退讓三分。

可是來到了如此遠離王國的內陸地區，有人沒聽過溫菲爾王國也不足為奇。

魯莽闖進大教堂城艾修塔特，說不定還會被當成冒牌貨趕出來。

「那……要怎麼辦？」

對，怎麼辦才好呢。我在房裡都在想這件事。

出現一個冒牌貨，有同樣想法的人肯定還有十個。

在這個為大公會議作準備，聖經俗文譯本眼看就要開始印製的節骨眼，此時堪稱是戰鬥的關鍵期。

要是讓冒牌貨汙衊了黎明樞機的名聲，會有許多人的努力和希望化為泡影。

我們有責任採取行動。

魯．羅瓦說得沒錯，名聲傳得太快是件危險的事，有必要讓人知道我才是黎明樞機。

若對方是詐騙慣犯，就不用奢望對方會在正當辯論之後乖乖認錯了。就算展示海蘭的書狀，也不知道王國的印記在這塊遙遠的土地能有多少權威，對方準備了假的權狀我也不意外。

想來想去，結論還是我們也得使出有效手段。

但具體該怎麼做，卻愈想愈嘆氣。

不是因為方法好不好，或野不野蠻。

而是想像了結果的緣故。

如果繆里從市場回到房裡就覺得我這兄長怎麼一副鹹菜乾的臉，那這個印象並沒有錯。

我讀過很多聖人傳記，很容易想像如果公布我就是黎明樞機，會對生活造成多大的變化。

去哪裡都會被人群包圍，受到權勢重用而無法滿足他們的期待，最後選擇退隱的聖人並不少。

可是我為了匡正教會，從紐希拉來到這裡的路上，已經借助了太多人的力量。

豈有當作沒發生過的道理。

況且，我還有個可靠的夥伴。

「……怎樣？」

繆里為兄長遭到仿冒而氣紅了眼眶，盯著我看。

才覺得沒事就吵著要嫁給我的她最近總算安分了點，又突然因為露緹亞的事在那胡思亂想，甚至以為我們的旅程說不定會就此結束。

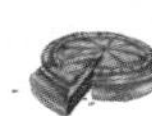

就是這樣的她。

無論世界變成什麼樣，我都會陪伴她的承諾，反過來說就是，她也會陪伴我。

「好了啦，不要擺那種臉。」

我用拇指腹拭去她眼角的淚水。

或許黎明樞機外表真的是弱不禁風，但他的力量又是如何呢。

「我們一定能找到出路的。」

「可是……」

我對正想訴說這有多難的繆里微微笑。

這段只憑一股熱情就衝出紐希拉的故事——

亂來的程度，可不會比繆里每天寫的幻想故事遜色。

「我也在這趟旅程中學到了一點東西，方法是有的。」

我沒有退出冒險的選項，也不能在這冒險中失敗。

現在沒時間猶豫了，必須放手一搏。

一旦有此決心，就會發現手上有許多武器。

大概是察覺我拿出氣魄了。

繆里愣愣地吸吸鼻子，耳朵尾巴立刻擺動起來。

在出發前的這幾天，我寫了兩封信。
一封託魯・羅瓦利用商人管道送往溫菲爾王國。
另一封則請繆里呼喚鳥兒到窗邊，綁在牠腳上。那是夏瓏派來與我們同行的鳥，報酬是跟攤販買來的香甜果實。
「有點沒想到大哥哥也會想出這種計畫耶。」
換上旅裝，用厚皮帶束起大衣的繆里看著鳥帶著信飛走並這麼說。信的目的地，不是溫菲爾王國。
是為了預防暴力事件，向某人徵詢協助用的。
「我也同意。」
對繆里微笑之後，我也開始整裝。
根據露緹亞和魯・羅瓦打聽來的風聲，大教堂城艾修塔特是真的起了些波瀾。
但若問是否與黎明樞機有關，則有人說是，有人說不是，狀況不明。
「艾修塔特也是個很熱鬧的城市吧？」
繆里在腰際掛上長劍，扭腰檢查礙不礙事。

「好像是喔。那裡在內陸很出名，而且還有個大市集。所以也會有各種流言，沒人知道哪些是真哪些是假。」

雖不至於是船夫多了就把船開上山，可是實際到過艾修塔特的眾多旅人卻幾乎只是聽了個片段，再加上臆測、誇大和玩笑，在遙遠的另一個城鎮實在難以辨別真偽。

不過大教堂城艾修塔特與鄰近領主對立的消息倒是全部共通，可以確定是真的出了問題。而政局混亂，就是騙徒的大好時機。

「其實沒有這個冒牌貨當然最好，然而無論如何，這裡畢竟是有選帝侯大主教，又有大市集的大教堂城，用來作黎明樞機粉墨登場的舞台，是一點問題也沒有吧。」

我拉緊腰帶，如字面般把皮繃緊。

即使這次只是虛驚一場，為避免冒牌貨出現，仍有必要及早做好預防措施。

有必要讓大陸這邊知道黎明樞機是怎樣的人物。

讓見過正牌黎明樞機的人回到當地，在冒牌貨出現時為我說一聲：「他才不是你這樣！」以免黎明樞機的名字與力量遭人擅用。

但就算深知這些道理，如果可以，我還是希望能有個人來代替我。

沒人知道我的長相，在書店找到感興趣的書站著翻閱，被老板咳個兩聲提醒別太超過，是最舒服的距離。

我的竊聲嘆息被什麼都不會聽漏的狼耳逮到，繆里湊了過來。
「放心，我一定會陪在你身邊啦。」
笑嘻嘻的她露出尖尖的犬齒。
「是啊，要是我被名聲壓得喘不過氣，就要把一切都交給太陽聖女了。」
長了狼耳狼尾的野丫頭晃了晃背上的行囊。
「看我的！再拿一堆求婚信給你看！」
「不用在這種事情上努力啦。」
「嗯哼哼哼。」
繆里把頭往我肩膀上蹭了蹭，用狼的方式表現親暱。
面對令人忐忑的旅程，這悶熱倒也給了我不少安全感。
「總之呢，教訓冒牌貨的事不用你擔心啦。」
「咦？」
「有必要的時候，我把他咬進森林裡埋掉就行了。」
這丫頭有時就是會這樣。
「沒這種必要。」
我明明白白地說：

「我這作哥哥的，最大的願望就是把妳栽培成一個秀麗的淑女。」

如果在紐希拉，這種訓話她聽都不聽。

但現在，繆里卻莫名高興地瞇起眼，滿滿孩子氣地回答：「好～」

現在我們必須揪出冒牌貨，表明我才是真正的黎明樞機。

可是向皮耶雷問話時，就已經窺見與冒牌貨鬥法將會有多麼辛苦。

露緹亞對他解釋，所謂出現在艾修塔特的黎明樞機，不是冒牌貨就是謠言，他眼前這個人才是黎明樞機，他卻以為在開玩笑。

見到沒有任何人在笑，才整個人都懵了似的問：「真的？」

無論他是不是以為眼前這麼缺乏霸氣的男子不可能是黎明樞機，總之他就此把自己關進教堂不出來了。

迦南說，那是因為他十分自責，認為自己信仰不夠深才會看不出真偽。

魯．羅瓦和露緹亞只能苦笑，繆里罵他有眼無珠。

問題是，當人們發現自己無法辨別真偽時，並不是只會像皮耶雷那樣自省、禱告。

這樣說來，事情很可能會爆發衝突。

「有事就通知我吧。艾修塔特我一下子就能跑過去，應該能幫得上忙。」

送我們離開時，露緹亞刻意露出尖牙說。

「不過呢，有你身邊的騎士就夠了吧。」

露緹亞對繆里微微笑，曾擔心我被她搶走的繆里吐了舌頭回去。

我就此與露緹亞握手告別，往艾修塔特出發。繆里儘管剛才是那種態度，路上仍不捨地頻頻回頭，對露緹亞揮手。

每一次，露緹亞也都會揮回來。

「很快就會再見的啦。」

繆里仍未慣於旅途上的離別，一語不發點了頭。

粗略來說，我們所前往的大教堂城艾修塔特位於大學城雅肯正北。

可是路上有幾個矮丘，又沒有平順的大路，只能繞行。

所以首先呢，我們先順著從溫菲爾王國過來時的路折回，到了西北的濱海地區，再沿著大幅深入陸地的海岸向東行。

艾修塔特就位在那片大灣最深處的河口上，一個有大河提供陸運，大灣又提供了平穩海運的交通要衝。

熟知歷史的迦南告訴我，那裡是以古帝國時代作北伐基地之用的教堂為核心發展起來的。

正因有這樣的背景，現在才能成為由選帝侯大主教所治理的大教堂城吧。

從前有許多古帝國騎士乘船來去的海灣十分平穩，看起來簡直像湖泊一樣。愈往東，這樣的感覺愈強。腳下土地愈發泥濘，變成所謂鹽鹼地的地形。

水窪般一圈圈的淺灘聚集了許多水鳥，喙與腿又細又長，優雅覓食的模樣令人印象深刻。通往艾修塔特的路途視野開闊，沒有迷路之虞，走起來是很好走，但有個小問題。

濕氣實在太重了。

第二天清早，繆里的頭髮翹得很厲害，還抱怨說濕濕黏黏很難整理，我只好替她紮成辮子。

隔天中午繆里喊肚子餓，結果一從布袋拿出麵包就尖叫著扔了。原來是她和青瓢旅舍的少年一起烤的麵包，已經爬滿了青一塊白一塊的黴，毛茸茸地很是恐怖。

在寒冷乾燥的紐希拉，就算發黴也頂多苔蘚那麼薄而已。她大概是第一次看到這麼厚的黴，也沒想過飽含水分的鮮烤麵包會這麼快就完蛋了吧。

懷念起從前流浪生活的我撿起繆里扔掉的麵包，刮掉表面的黴堆，再生火烤過。雖然有點土味，但這點黴其實一點問題也沒有。

嚇壞了的繆里或許是以為迦南家世好，會懂她的感受。

可是迦南有神的保佑。

只見他手握教會徽記祈禱幾句，就屏著呼吸吃下護衛替他刮了黴的麵包。

見繆里一副當他叛徒的樣子，我替她找一塊狀況比較好的麵包，刮黴烤了烤，再到她耳邊說句魔法咒語，她就閉著眼睛吃掉了。

「這是冒險故事裡常有的事」這種話，實在是很有效。

「聽說以前海面比較高，所以這附近以前都是海吧。」

繆里噘著嘴，對以前的事沒興趣的樣子，還離開了火堆。

沿海地區連樹都很難長出來，頂多是芒草原而已。

所以火堆裡微弱燃燒的，是從芒草底下挖出的泥炭。

艾修塔特附近自古以來都是泥炭採集地，從來不缺燃料，可是那獨特的氣味讓繆里很難受的樣子。

「聽說用這種泥炭燻過的麥子可以釀出極品好酒，是艾修塔特的名產之一。」

才覺得這裡不巧沒人愛喝酒，就發現迦南那位木訥的護衛吞了吞口水。

「不過這片土地離水面這麼近，長久以來一定遭遇了不少水災吧。」

迦南親戚裡有多位領主，比較在乎這方面。

「這裡用起船來是很方便，可是從前應該為此吃了很多苦頭。」

景色很扁平，沒什麼生氣，但白天往海面望去，可以看到整天都有船航行。

幾乎都是在淺水區滑行的小船，而遠海似乎有水道，船比較大一點。

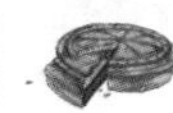

陸路上的旅人也不少，可以想像艾修塔特有多熱鬧。
然而總是吵鬧的野丫頭，現在卻洩光了氣。
「好想趕快進城喔……」
繆里在旅途上說喪氣話，是個頗為難得的場面。
「妳也有受不了的事啊？」
我回想她扔掉發黴麵包的樣子，不禁失笑。
沒露出尾巴，或許該誇誇她的自制力吧。
「大哥哥大壞蛋！」
繆里往我肩上一拍，裹起毛毯倒頭就睡。
魯・羅瓦和迦南笑了笑，用磚頭似的泥炭添火。
「明天應該就能夠找到離城近的旅舍鎮了。不如就在那裡打聽點消息，順便消解旅途的疲憊吧。」
魯・羅瓦的話使得那團毛毯動了幾下。
「那個旅舍不會再濕黏黏了吧？」
她最驕傲的輕柔毛髮，都變得頗為沉重。
可是見魯・羅瓦只是保持笑容，什麼也沒說，於是繆里為自己的悲慘命運大嘆一聲，又縮成一團了。

「神為我們指出了正確的道路。這是一條公平且充滿善意，人人都能擁有幸福生活的康莊大道啊！」

有個笑容柔和，一身聖職人員裝扮的男子歌唱似的講道。與披頭散髮，說話像雷電一樣激動的皮耶雷很不一樣，他一手拿著聖經站在木箱上，對路上行人滔滔不絕。

大多旅人先是愣了一下，接著聽附近了解狀況的商人解釋後，帶著訝異往右邊岔路走。

我們也在大路旁的旅舍村，能夠隱約望見艾修塔特城牆的地方，遇見了這樣的情景。

「那就是大哥哥的冒牌貨……？」

發黴麵包似乎嚴重破壞了繆里的心情，她遷怒似的瞪著佈道師說。

「不，那跟路標差不多。」

艾修塔特的春市是正熱鬧的時候，可以想像會有多擁擠。

不過路旁旅舍村也擠成這樣，八成是另有原因。

魯．羅瓦向商人打聽後回來說明：

「左邊這條路一直過去就是艾修塔特了，而往右邊走，是通往一個叫做希望之城歐柏克的地

方。」

「希望之城？」

雖然沒繆里那麼誇張，不過迦南同樣不許賊人假冒黎明樞機，見到旅舍村的狀況以後始終情緒低落。

他眉頭深鎖，注視著佈道師。

「那些講詞，應該是來自聖經的詩篇第四節……可是天國現於人間什麼的，是異端的常用詞句。」

詩篇第四節，講述的是受虐的人民在真正的大災厄降臨時終於受到神的指引，前往希望之城的故事。

這段故事冒險要素較強，在教堂一向是個迴響頗佳的題材，但也很受主張自己才是救世主的人歡迎。

「迦南閣下的猜想是八九不離十了。看來那位黎明樞機大人，想舉辦公平的免稅大市集。」

魯．羅瓦望著岔路往右，方向上通往東方內陸的道路彼端說。

「說是要在歐柏克舉辦神聖大市集，人人平等，不分高低，只有誠實的買賣。黎明樞機會在那裡每天向人民傳播福音什麼的。」

口吻非常認真，感覺卻像在對小孩述說大海另一邊的新大陸傳說。

迦南不敢恭維地搖搖頭，繆里義憤填膺，我則是垂下了肩膀。冒牌貨的存在，果真並非謠傳，而且還想舉辦公平的免稅大市集。

若說他只是單純欺世盜名，想騙吃騙喝的騙子，也搞得太誇張了。

「有何想法呢？」

魯・羅瓦賊笑著只用唇形說出「黎明樞機先生」。

這讓我總算笑出來了，只是笑得很苦。

「現在狀況仍不明瞭，也沒做好對決的準備，先往艾修塔特去吧。」

「我同意。那個所謂的希望之城，連有沒有旅舍都不曉得呢。」

那絕不是揶揄，從迦南的護衛正在查看的地圖就能看得明白。往那位佈道師所指的右岔走下去，途中會接上流入艾修塔特那條河邊的路，一直往內陸延伸。沿河往上有個小港都，但不叫歐柏克，中間也沒有像樣的城鎮。

這個旅舍村也是兀立在長不出樹的荒涼芒草原中間，表示這片不堪耕作的泥炭地還會持續很長一段距離。

由此可以想像，所謂的歐柏克恐怕只是鄰接於臨時大市集的野營地而已。

想紓解旅途疲憊和蒐集情報，應該去艾修塔特才對。

旅舍村裡感覺只有心裡全是免稅大市集的人，再怎麼打聽都是偏頗的消息吧。

「各位別再猶豫！往光明的世界踏出勇敢的一步！」

我們聽著背後佈道師將人們導向右方的話語，一行人往大教堂城艾修塔特策馬前進。

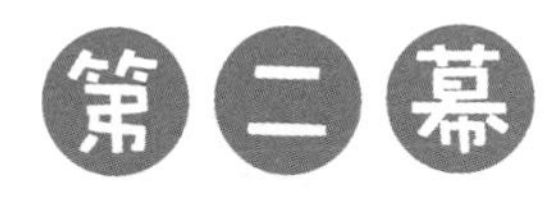
第二幕

「嗚嗚……總算到了……！」

繆里一頭倒進床裡，解放悶了一路的耳朵尾巴，左右甩了兩、三下，軟趴趴地垂下來。

「不要直接睡著喔。」

「嗯……」

大概是穿旅裝睡覺太難受，她才剛搖搖尾巴表示抗議，又扭啊扭地趴著脫起衣服來了。

「受不了妳。」

我替她收起大衣和皮帶等配件，擺到衣箱上。

往一旁的窗口看出去，底下是艾修塔特的中央大街。

「比想像中還安靜耶。」

艾修塔特不僅是由八風吹不倒的選帝侯所統治，還有個春秋各開一次的知名大市集，現在是春市正熱烈的時候。

可是街上雖然稱不上冷清，但還是有點空。

是因為本該來到這裡的大半人潮都聽了那位佈道師的宣傳，到不收稅的希望之城去了吧。

到地圖上也沒有的希望之城歐柏克去。

那就是所謂黎明樞機的福音……

我在嘆息中將視線轉回房內，見到脫得只剩襯衣的繆里就快睡著了。

如此邋遢的率性，簡直和賢狼赫蘿一模一樣。

回想起從前的旅程，不是懷念，就是為不爭的血統搖頭嘆息。

「唔……大哥哥，不要啦……」

揪著脖子要拉她起來，她仍緊抱著當枕頭的布袋不放。

看來濕黏的沿海路途真的讓她難受極了。

自從抽出長滿黴的麵包而慘叫以來，她連吃飯這項唯一的娛樂都不能放鬆，也難怪會變成這副模樣。

「那我們先上街了，可以嗎？」

在我從雅肯發出的兩封信得到回音之前，我想盡可能了解艾修塔特週邊狀況。

原想順便帶繆里吃點熱食，但她似乎沒那個力氣。

只好嘆口氣，解開用馬載來的被子，為她蓋上。

看到她扭個身，三角耳滿意地動了動，忍不住就笑了。

「平常也有這麼乖就好嘍。」

我摸摸她的頭並損上一句，被狼耳打了幾下。

來到走廊，魯．羅瓦和迦南也正好離開房間。

「怪了？繆里小姐呢？」

「她難得被疲勞壓倒了。」

「沒什麼比飯不能好好吃的旅行還要難受的吧。」

在南方旅行，與北方截然不同。北方要注意人居稀疏和刺骨寒冰，南方則是要小心食物容易腐壞和危險水域。

對於繆里這有條毛茸茸尾巴的雪國兒女而言，食物問題比寒冷艱難多了。

「對了，艾修塔特有什麼特產？」

魯．羅瓦和迦南都對這問題投以淺淺的笑。

繆里比我強悍得多，又有狼的血統，不是一般男性比得上。

然而，將繆里獨自留在頭一次造訪的城鎮旅舍裡，我還是會擔心，最後把勘查環境的工作交給了魯．羅瓦和迦南兩個。

雖然他們對九十度鞠躬道歉的我說這沒什麼，可是在呼呼大睡的繆里身邊坐下時，我仍不禁輕嘆。

「我拿不出什麼表現，有一大部分是妳害的吧。」

兄長的牢騷，總是左耳進右耳出。

繆里的狼耳像是在微風撫弄下細細抽動，睡得很香。

看也不是辦法，我開始收拾旅裝，清理壞掉的食物，到樓下酒館為一路上無法安心吃飯的繆里點些像是特產的香草烤鰻。據說海灣能捕到和繆里身高一般長的鰻魚，做起來像宴客料理那麼大盤。

繆里應該會喜歡這種豐盛得很直接的菜，就算量大，等魯．羅瓦和迦南的護衛回來了就吃得完。這麼想時，旅舍兼酒館老闆用質疑的眼光看來。

「是你們要吃的嗎？」

我不懂他何出此問，愣在原地眨眼。

難道那在這裡是特殊節日才能吃嗎。

結果老闆下一句話卻這麼說：

「不好意思，要吃別在這裡吃，進房間吃。」

「這是……」

老闆對疑惑的我聳了個肩。

「端豐盛的大菜出來，容易被盯上。」

還把下唇噘出來，很受不了的樣子。

天還很亮，酒館人少也不奇怪。

然而現在是集市期間。有大活動，就會有宴會。

「是黎……黎明樞機大人的關係嗎？」

假裝第三者談自己，讓話有點卡在喉嚨裡。

不過我也只能往這裡想了，何況還有佈道師那些話。他在旅舍村嘶聲傳播所謂黎明樞機的福音，向來人指引通往希望之城的路。

老闆往我窺探幾眼，大聲嘆息。

「為正義而戰當然是很好啦，可是作我這種生意的，哪能夠說搬就搬啊。再說我這還有一堆為了大市集的人潮預備的物資呢，真是傷腦筋喔。」

酒館沒人不是時段的關係，就只是因為旅客少。

而且看情況，就算夜深了也熱鬧不起來。

因為站出來匡正教會風紀的黎明樞機，正在城外說正確的道理，怎堪放任城中的人民飲酒嬉鬧呢。

只是，其中也有些難懂的部分。

「其實我們在過來的路上，也有聽說黎明樞機大人的消息。」

壓低聲音，是為了表示我們純粹是中立立場，不特別站在黎明樞機那邊。

「我在城牆外的旅舍村裡，聽說有個城鎮叫做歐柏克。老闆您說不能說搬就搬，是指到那裡開旅舍嗎？」

「就是這麼回事。肉鋪、烘焙坊、酒行都很簡單，貨堆上馬車就能走了，像工匠也幾乎都抱著吃飯工具過去了，只剩下我們開旅舍的還留在這發愁。啊，還有還有——」

主人酸溜溜地笑道：

「教會那些人，當然也得留下來看家了。」

既然有自稱黎明樞機的人在歐柏克傳道，教會的聖職人員當然是不會過去。

「那個歐柏克到底是什麼樣的地方？地圖上好像找不到的樣子……」

旅舍老闆環視空空如也的酒館，低聲說：

「希望之城，應許之地。然後——」

老闆視線投向遠方。

「教會將在那恢復真正面貌的樣子。」

打開大鐵鍋的蓋子，整團大蒜與香草的氣味便隨嗶嗶啵啵的油爆聲撲鼻而來。

繆里兩眼放光，魯．羅瓦和迦南的護衛將啤酒杯斟了個平口滿，我和迦南則對著豪爽到近乎暴力的菜餚祈禱神的保佑。

繆里用小刀將富含油脂的鰻魚切成段，拿麵包當盤子盛起來，笑呵呵地咬下去。

我也取了一小塊魚肉吃，油脂量和口感都很不像魚。

「別說街上，連大教堂都安安靜靜。」

所有人都集合到我和繆里的房間，顯得有點擠。

不過討論起複雜的話題，或許這樣反倒合適。

除了人環中央那盤在宴會上會很受歡迎的菜餚以外。

「聽說有個叫『神聖大市集』的市集要取代艾修塔特大市集，歐柏克就是隨神聖大市集快速造起來的聚落。」

魯．羅瓦的話使我渾身不自在。

「神聖大市集……？」

這般字詞的組合，糟得像麵包裡有沙一樣。

「這裡是大教堂城，大市集的權益當然是握在大教堂手裡。可是黎明樞機大人呢，卻指責大教堂對大市集課稅，是中飽私囊的不當行為。」

魯．羅瓦口中的「黎明樞機」當然是玩笑話，但聽在繆里耳裡還是不太高興，豎起了眉毛。

「在艾修塔特外面又開一個市集，不就像是……兩條鰻魚擠一個洞嗎？」

我這句話竟使得木訥的護衛稍微失笑。

「我給大教堂的年輕助祭捐了幾塊錢，他就跟我說了一大堆。」

我對「捐」字不多過問，再吃幾口鰻魚。麻口的鹹度和大蒜的氣味，讓人愈吃愈上癮，的確是當之無愧的當地名菜。而且鰻魚是魚，對大教堂城來說沒有爭議。

「大市集的權益原本是在貴族手上，隨著日換星移，被迫移轉給了大教堂。直到現在，那門貴族依然對這件事相當不滿。」

「所以跟黎明樞機聯手？」

賺錢與黎明樞機。

和神聖大市集一樣，是種很不相襯的組合。身旁繆里很快就吃完第一塊魚排，拍拍我大腿說：

「大哥哥，你是不是忘記你才是黎明樞機了？」

「……」

對喔。話題中的黎明樞機是冒牌貨，很可能企圖詐騙。

做出不合理的事，也不足為奇。

「你真的很缺乏自覺耶，缺乏自覺。」

我很想反駁，可惜繆里才是對的。

這時大概是鰻魚用的辛香料太嗆了，迦南稍微咳了幾下，用葡萄酒沖沖喉嚨說：

「有一種可能是，大教堂真的利用大市集稅收牟取暴利，人民被壓榨到受不了而起來反抗。黎明樞機這名字，大概有教會反抗者的意思。」

這不是不可能，但是聽旅舍老闆的口氣，事情不像這樣。

「另一種可能是，單純在爭搶權利。」

我比較支持這一種，可是有個問題。

「不收稅的大市集，真的辦得起來嗎？」

人潮聚集的鬧區，乍看之下的確像是容易賺錢的地方。

可是曾在紐希拉協助經營溫泉旅館多年的我深深了解，這種事背後其實有山一般的困難。人愈多的地方，問題就愈多，大型集會的善後工作也得花錢。

所以大教堂對大市集課稅的目的很有可能不是賺錢，而是不可或缺的經費。

「這得視地點而定……不過我想，神聖大市集說不定是在釣魚。」

「釣魚？」

繆里以為我們又在聊吃的而抬起頭。

「重點是希望之城這邊吧。貴族雖然在歷史中失去了大市集的權利，卻依然擁有其週邊土地。然而我們在旅程上也學到了，這一帶都是長不出好作物的泥炭地，泥炭又是過時的燃料，沒多少人會用了。所以怎麼辦呢？」

小時候，我在某高明旅行商人身邊待過一段時間。

「建設新城鎮，炒高土地價值。」

也許是假扮黎明樞機帶來的利益真的高，值得與絞刑放在天平上比較。

「至於是貴族被騙徒欺騙，還是主動利用騙徒，抑或有人真的相信自己是黎明樞機，且博得了貴族的信任，就不得而知了。」

對於有人冒用我身分的事，我至今仍覺得很不現實，能確定的只有事情並不單純。

「那大教堂有什麼反應？」

這問題改由迦南回答：

「大概是說他們用大市集牟取暴利，簡直無理取鬧。我不清楚事情真相，只知道大教堂非常氣派，穹頂有畫在灰泥上的巨型天使畫，中殿還瀰漫著乳香呢。」

這城這麼大，又是大主教所治理的大教堂城，豈有不氣派的道理。

但無論清貧在這般環境下聽起來多麼空泛，說課稅就是貪婪也未免太過分了。

就只是公不公道的問題而已。

「再說，大教堂對黎明樞機……喔不，假黎明樞機，也不敢冒然使用強硬手段的樣子。畢竟

在城外有大片土地的貴族，恐怕是和假冒知名教會改革先鋒的人物聯手了。可是反過來看，就表示構成帝國一角的大教堂城，也忌憚黎明樞機的名聲！」

不知是因為葡萄酒，還是鰻魚的辛香料，迦南的臉頰有點紅。

「這即是寇爾先生您的名字在大陸這邊也已經非常知名的佐證，絕對不能放任騙徒利用！」

迦南說得幾乎要逼到我面前，護衛替他擋下差點從手中掉落的鰻魚肉。

大概是因為繆里經常在懷疑迦南其實是女孩子，地盤意識作祟，看他的目光濕度相當高。

「可是現在不是很難證明大哥哥才是正牌嗎？」

目前的確如此。所以有需要慎重擬定策略，在某些狀況下還得先等援軍來到。

然而，這個真假莫辨的狀況也有其利用價值。

再加上旅舍老闆說了句耐人尋味的話。

教會將在希望之城歐柏克恢復真正面貌。

冒牌黎明樞機，真的只是個騙徒嗎？

「我有個想法。」

聽了我的計畫，繆里裝模作樣地站起來，揮動木匙大聲說：「完全贊成！」

用肥滋滋的鰻魚和嚼勁十足的硬烤麵包填飽肚子後，繆里發出旺盛鼻息沉沉睡去。

然後天還沒全亮就窸窸窣窣爬起來，照常練習揮劍，而且還真的跳到我身上叫我起床。

「大哥哥！冒險的時間到了！」

「唔……」

這是在報昨天的仇嗎。總之我睜開眼睛爬了起來，鰻魚還壓在肚子裡的感覺使我不禁呻吟。繆里吃了有我的三倍卻依然活蹦亂跳，實在太厲害了。

「要換什麼衣服？跟平常那樣，我扮大商人的繼承人，你當家教嗎？」

只穿一件襯衣的繆里將海蘭準備的騎士服裝、聖女風白袍和貴族子弟風男裝在床上攤開，興奮地猛搖尾巴。

「是可以啦……不過妳能不能多檢點一點。」

「啊，大哥哥！你趕快去洗澡啦！都有點黴味了！」

「……」

完全把我的話當耳邊風。而且說我有黴味，表示她八成又半夜鑽進我被窩了。

我不想多爭執，來到中庭井邊沖水，順便獻上滿滿的禱告再回房間，見到的是周遊列國增廣見聞的貴族子弟。

「寇爾先生您早。」

大概是聽見繆里在嚷嚷了吧，換裝告一段落時，迦南來了。

「路上辛苦了，還會累嗎？」

淺笑著這麼問，是因為知道我們一早就很熱鬧。

「託您的福。好了，繆里，都綁好了。」

長髮是可以塞進帽子裡，不過繆里吩咐我綁成辮子。

大概是看起來很有自信的樣子，綁辮子也很適合少年繆里。

「迦南小弟，混進這裡教堂的工作就看你的嘍。」

把辮子當尾巴搖了個夠以後，繆里將長劍掛上腰間，查看動作。

「好，這部分包在我身上。我一定配合魯．羅瓦先生，徹底完成這座城的調查工作。」

昨晚我提議由我和繆里去調查歐柏克。

魯．羅瓦是書商，不知道會在哪裡遇上熟人；迦南可以在大教堂問出較為深入的資訊，不能讓他去與教堂敵對的歐柏克。如此一來，長相仍不為人知的黎明樞機，或許正適合用來詳細調查歐柏克的假黎明樞機是什麼樣的人物，在做些什麼。

「奇怪，魯．羅瓦叔叔呢？」

繆里對不見蹤影的魯．羅瓦感到疑問，迦南難得乾笑著說：

「他好像跟我的護衛喝艾修塔特的特產酒到很晚。」

他們說，那是用泥炭燻過的麥釀成的酒。
聽說兩個酒友昨天逍遙了一晚，繆里臉上滿是羨慕，看得我直嘆氣。
「不可以喝喔。」
繆里惡作劇被逮似的背脊一挺，對我咧嘴作鬼臉。
「我不會在歐柏克久留，後天就回來，快的話明天。」
「好的。溫菲爾王國的回信也會在這幾天送到吧，收信的事交給我。」
當我和迦南對話時，在酒的事上被我警告的繆里用誇張動作穿上大衣，喊道：
「時辰已到，出擊！」
迦南看出她在模仿皮耶雷，笑得很開心，我卻垂下了肩。

我跨上馬背，叩叩叩地沿路東行。
艾修塔特不愧是由選帝侯大主教所治理，光是想離開城牆就有段距離。
在地圖上比雅肯更北，城中氣氛卻更偏向南方。是因為屬於「南方帝國」的一部分，有各式各樣南方文物輸入的關係吧。
有間商店豪奢地使用大量玻璃做裝飾，擺滿了五顏六色的帽子。橫跨城中運河的橋面兩側，

擺滿了金銀飾品工匠的攤子，走到哪裡都有東西搶占繆里的目光。酒不愧是特產，工坊街上多得是亮得映出臉來的銅製蒸餾器，繆里好奇得都要摔下馬背了。

可是整座城死氣沉沉，來到城中央的大廣場時，還能見到許多為大市集而準備，卻無人看顧的空攤子。

「真想在熱鬧的時候來。」

愛熱鬧的繆里落寞地這麼說，難得得到我的同意。

出了城門，濕黏的風迎面撲來，繆里不耐地聳高了肩。

艾修塔特的路全都鋪滿石頭，大概不是因為虛榮，而是用來遮蓋土地，保護身體不受濕氣侵害吧。

濕氣容易招來疾病，也像是有防制水患的用意在。

要維持這樣的市容當然很花錢，需要課稅。

想到這裡，繆里已經不耐煩地發起脾氣了。

「吼～在溫泉旁邊都不會黏成這樣耶！」

「把尾巴收起來比較好吧？」

繆里與我同乘一馬，被我夾在握著韁繩的兩手之間，知道沒人會注意就放出了耳朵尾巴。

在這種由春轉夏的時節，她毛茸茸的尾巴實在讓人有點熱。

「只要你會幫我梳就沒關係。」

不曉得是不是明知我熱還這樣，她說完以後又擺了擺尾巴。重視頭髮勝過尾巴這部分，與母親賢狼正好相反。

「話說大哥哥。」

繆里背靠著我說：

「現在迦南小弟和魯．羅瓦叔叔都不在，那我可以認真一點了吧？」

她稍微等一下才轉過頭來，閃爍紅光的眼睛稍微瞇起。

「只有在危急的時候。」

這回答使那雙眼瞇得更細，不過她將我沒有否認視作同意，嘴淺淺地笑起來，狼耳也開心地拍動。

「要是假冒你的人是個騙子，我就半夜把他從床上拖出來，放到沒人的荒野嚇得他屁滾尿流。」

夜深人靜時，房裡出現巨大的黑影。

還來不及叫，就被驚人的力量拖到荒郊野嶺……

也許很有效，但不曉得會傳出怎樣的流言。

「還不知道對方想做什麼呢。想要大顯身手的話，就用這裡好好聽個仔細。」

我用下巴輕壓繆里的狼耳，癢得她縮起脖子。

「那乾脆一開始就變狼算了？」

聖人傳記裡，與野獸同行的故事並不少。

雖然我沒有繆里那麼愛作夢，年輕聖職人員帶銀狼流浪的故事，仍能觸動我幾乎早已忘懷的少年心。

「要是太招搖，是要怎麼偵察。」

我先說點場面話，以免繆里察覺我心中悸動。

「無聊耶。」

說歸這麼說，她口氣倒是很愉快。

「欸欸，我們好像很久沒這樣了耶？」

是指只有我倆的冒險吧。

「因為我們認識了很多人嘛。」

「嗯。」

繆里稍稍點頭，背又靠上我胸口。

看來是今天沒配戴騎士徽記，可以任意撒嬌的樣子。

「變熱鬧是很好啦……但需要藏的時間就變多了。」

「這樣妳多少能了解我不想太招搖的心情了吧？」
我就是黎明樞機。
如此明言以後，生活就會徹底變樣吧。
「這個嘛，是有一點。」
「可是我覺得說出來以後，壞事應該沒你想像中那麼多喔。」
繆里坐直起來，轉向我說：
「妳是想說因為有妳在嗎？」
繆里笑瞇了眼。
「是這樣沒錯啦，可是不是有很多溜出城玩的公主和保鏢騎士的故事嗎？」
「對啊，是挺多的……咦？」
繆里就是繆里，在這時舉公主騎士的例。畢竟騎士角色已經定下了。
然後嗤嗤笑了笑，後腦杓咚一下頂上我的胸。
「我們還要冒很多很多的險呢！」
對這活力充沛得馬都抬頭的回答，我只能擠出「好好好」三個字。

希望之城歐柏克。

在想像中，只是依附在臨時大市集旁邊的小聚落。

結果對了一半，錯了一半。

驚人的是它的規模，以及活力。

「哇……！」

繆里大聲讚嘆，從馬上站了起來。

做了這麼粗魯的事，也沒有惹來任何視線。

這裡就是這麼熱鬧的地方，一個仍待建設的小鎮。

在溫菲爾王國修整淪為廢墟的貴族宅邸，改建成夏瓏他們的修道院和聖經印刷工坊時，我曾去監工，而這裡離那種階段還有一大段距離。

「好好玩喔，大哥哥！」

刻有「歐柏克，希望之城」的木匾高高豎在路中央，後頭有燒磚匠在堆磚，木匠拿槌子打木樁。

有群灰頭土臉的男子用簍子扛著泥沙走，像是在挖井。

在如此騷嚷中，有許多人在稱作棚屋都嫌高級的簡陋店面作買賣。裊裊炊煙的彼方，有雞啊豬的在圍欄裡跑來跑去。

若不是人人臉上都充滿朝氣和笑容，我說不定會以為這是野戰場。

「看這個感覺……也不是小有規模的臨時市集耶。」

我立刻想到移民一詞，不過這裡距離擁有高大城牆的大教堂城艾修塔特只有不到一天一夜的路程。並不是為了求生存而離開貧瘠家園的人們，會想打造成新天地的偏遠地區。

所以我第一個疑問就是——為什麼選在這裡？

「喔？兩位是旅人嗎？」

為歐柏克所有一切都沾滿泥沙，卻充滿粗野朝氣的景象傻眼時，有人向我搭話。

轉頭一看，那是個身穿僧衣的男子，同樣也濺了一身泥。

「我的朋友，歡迎來到希望之城歐柏克。」

男子笑咪咪地對馬背上的我們伸出手。

被那熱情稍微逼退的我跟著握手回禮，繆里也跟他握了手。

「有哪裡是在下幫得上忙的嗎？」

在陌生城鎮被人這樣獻殷勤，一般都是該當心遇上騙徒，可是這裡嘈雜到我連這種事都忘了。

「呃……」

「我們正在走訪各地增廣見聞喔！」

繆里在支吾的我身邊活潑地回答，縱身下馬。

「真的是大開眼界耶！居然要直接蓋一個新城鎮出來！」

見到那張以演技而言過於逼真的燦爛笑容，聖職人員裝扮的男子哈哈大笑，驕傲地點頭說：

「正是正是，這裡就是希望之城歐柏克。不想再住在沾滿罪惡的大教堂城艾修塔特的人都聚集到了這裡來，要在正義與神的名下建立新城鎮喔。」

搥木聲、馬車聲、吆喝聲。

與戰場不同的，是大家的表情都充滿希望。

我也下了馬，試著問：

「我在旅舍村，聽說黎……黎明樞機的大名，難道他……」

黎明樞機四個字從自己嘴裡說出來真的很難為情，喉嚨不太聽話。

不過僧衣男毫不介意，反而就等我這麼問似的笑開了。

「正是如此！這歐柏克，是由長年糾彈惡毒的艾修塔特大主教的霍貝倫家領主，以及傳布真正神誨的黎明樞機，在神的指引下與時際會而開始的！」

這個霍貝倫家領主，就是為了大市集利權與大教堂城對立的領主吧。

但我好像曾經在其他地方聽說過這姓氏。

思索當中，繆里又問：

「黎明樞機大人現在人在這裡嗎？」

一身上好人家打扮，說話稚氣未脫的繆里，只有往我瞥的那眼還是平時的她。

「對，他就在這裡，在我們的『元始教堂』為人民祈福呢。」

「咦～」地讚嘆的繆里大方往我看。

「大哥哥，我們去聽黎明樞機大人傳授神的教誨嘛！」

繆里開心的表情並不假。

八成是樂在這麼做作的演技裡，也等不及想看究竟是什麼樣的傻蛋膽敢假扮黎明樞機。

「好啊，可是……這樣很突然，不太好吧……」

「哪裡哪裡，黎明樞機和大教堂城的大主教不一樣，對任何人都來者不拒。在『元始教堂』講完道之後，會給所有人機會和他說上幾句話的。」

我不禁想像黎明樞機在男女老幼圍繞下，牽著病人的手，抱起嬰孩。

完全是聖人傳記會出現的場面。

「黎明樞機開始講道之前一定會敲鐘，馬上就會知道了。不過我勸兩位早點去排隊，因為全城的人都會擠過去喔！」

「聽到了沒，大哥哥！」

那笑容滿是發現獵物的喜悅。

我略帶尷尬地回笑後，對僧衣男說：

「謝謝您的介紹，那我們在歐柏克到處看一看以後再過去。」

「好的，願神保佑兩位。」

僧衣男祈禱了幾句，隨後又發現其他旅人，同樣地上前搭話。會那樣親近旅人的人，一般都是想強作導遊，最後再討佣金的騙徒，但他絲毫沒那種樣子。

如果他的僧衣是真的，那就是為了這座新興城鎮身先士卒來到這裡的吧。

「這樣就確定有冒牌貨了。」

繆里得意地哼哼鼻子，看著我說：

「你會去聽他說什麼吧？」

「這個嘛……」

我含糊的態度讓繆里傻眼了。

在那視線下，我輕聲嘆息。

「我一直以為，他們用的是更為淺顯的詐騙手段。」

「……」

繆里眨眨眼睛，看看四周。

「我好像聽得懂你在說什麼。」

「城裡的人真的上當了嗎？這麼多人耶？」

「而且都很開心的樣子。」

她說得沒錯，不過我覺得最開心的就是身旁這位少女。

「我們先繞個一圈看看吧。」

黎明樞機講道前會先敲鐘，不會錯過的。

「可是，希望之城啊……」

繆里一臉藏不住的興奮，大口深呼吸。

「城鎮真的是蓋出來的耶。」

從這句話和繆里的側臉，我終於注意到她看的是這地方的哪裡。

在新大陸，可以建立只屬於非人之人的國度。

她是在這裡看見了夢想成為現實的可能。

「筆墨都有帶嗎？」

我語帶揶揄地問，而繆里抬頭對我說：「那當然！」

如同只要繆里問我聖經裡的詞義，我再忙都會一五一十為她解釋一樣，工匠們也很樂意為看

得眼睛閃閃發亮的繆里講解。不管走到哪裡，都會有工匠聚過來湊熱鬧，教授她各種知識。

我在人群裡也只是礙事，便單獨去調查繆里討厭的部分。

也就是散布於這地方的佈道師。

「如此一來，神給我們的便不只是麥子，更是靈魂的食糧——」

他們在路上佈的道都十分常見，在教堂裡照本宣科也沒有任何問題。

不時有行人駐足聆聽。

這樣的路邊佈道在大城並不稀罕，但願意停下來聽的人卻很少。

畢竟人聚多了，容易受到維護治安的衛兵驅趕，城裡又通常會區分成多個小教區，每個教區又有專屬祭司，從替嬰兒洗禮到埋葬死者都一手包辦，沒必要再去聽別人佈道。

可是與當地人親近的只有祭司，上面還有統領祭司的教區長、統領教區的主教等，爬得愈高，與信徒的距離愈遠。到了有權任命主教的大主教，基本上平民連說句話的機會都沒有。

他們的行動幾乎與貴族無異，可以任意調動龐大資產。說他們乘坐豪奢馬車，把貧民信徒當狗一樣趕走，絕不是誇大的汙衊。

我不知道艾修塔特的大主教有沒有那麼壞，可是為我們講解歐柏克的僧衣男顯然對艾修塔特並不友善。

他說來到這裡的都是不想再住在艾修塔特的人，說不定包含了許多虔誠教徒。

也會有流浪佈道師聽說這件事，興高采烈就過來了。

這群佈道師的衣著是各式各樣，有人像個神學博士，手拿聖經輕聲說話，也有人像皮耶雷那樣熱力四射地佈道。

我曾試著提出神學問題，對方立刻引用聖經回答，至少可以確定他們全都不是在演戲。

除非是事先做過紮實功課的老練騙徒……

若想懷疑，實在是懷疑不完。如果不鑽牛角尖，那麼他們就只是一群與黎明樞機的想法起共鳴，想支持他而聚集的人。

走著走著，還遇見一群在朝聖途中正好經過此地的修士團體，訝異且熱切地觀察城中情景。

同時有工匠在其間忙碌奔走，有商人忙著交易。

路口大多有聖職人員停留。

有種置身夢境的感覺。

大哥哥你才是黎明樞機——這樣的聲音在腦中響起。

可是我人就在這裡，誰也不特別注意我。

而假冒黎明樞機之名者，卻實際聚集了如此能建立城鎮的一大群人，為「只要黎明樞機有心，就能發揮力量」這句模糊的話賦予現實的肉體。

我不禁看看自己的手。

這雙手真的有那種力量嗎？

手一揮就能在荒野造鎮的力量？

這時，鐘聲響起。

不是教堂尖塔那種鐘聲，但那般一點重量也沒有的手搖鐘聲，正好適合這個由眾人白手打造的城鎮。

略顯急促的鐘聲，使許多人呼朋引伴，往同一處走去。

「黎明……樞機。」

為了聽這個人講道。

隨民眾往城中心走著走著，繆里找到了我。

才這點時間，她手上的紙已經用完了。兩面都寫滿字的就打橫來寫，與原先的字句十字交叉。

她還畫了許多不明的圖。稍微看一下，有些是工具，有些是木板屋的設計圖，還有一張像是地圖。

「這是歐柏克的地圖嗎？」

經我一問，臉上沾了墨水和泥巴的繆里便眉開眼笑地將紙攤在我面前。

「是我要在新大陸蓋的城！」

「……」

這裡是在泥地上從零打造的城鎮。

繆里的心思，似乎從蒐集冒牌貨情報上，完全轉移到希望有朝一日能為非人之人建立的國度或城鎮上了。

話說回來，殖民地通常不會這麼有活力，也難怪會這麼入迷了。

「既然大哥哥說修道院不行，那城裡就行了吧？」

我一時還聽不懂她在說什麼，隨後才想起她曾說只要像夏瓏他們一樣蓋個修道院，就能和我一直在一起了。

「說不行，是因為我知道妳受不了修女的生活。」

「所以才想蓋城嘛。來，你看我畫的！」

為她究竟在說什麼傻話嘆息之餘，我還是看了感覺她畫得很投入的夢想之城頂視圖。

「廣場中央這個是……澡堂？」

不愧是紐希拉出生的少女。

「嗯，然後北邊有個大圖書館，還有魯．羅瓦叔叔的書店。東邊有你最愛的禮拜堂，然後是

一整圈包圍廣場的散步道，很適合你想事情。你看，這裡還有陽光很充足的山丘喔。」

我不禁點頭讚嘆。

有魯・羅瓦在書店進書，還有圖書館可以保存，又有步道供我思考和禮拜堂。

想像這樣的城鎮，使我低吟起來。

「感覺……還不錯呢。」

「是吧？西邊需要一些店家，然後也需要工坊什麼的。像是製書的工坊、製造武器的工坊，還有釀酒的工坊。」

「釀酒？」

繆里挺胸回答：

「我又不會永遠都是小孩子。」

「……」

雖然這完全是小孩子才會說的話，不過並沒有錯，嘆個小氣就算了。

「那麼，這是什麼東西？」

小巧玲瓏的城鎮周圍，有個並非步道的東西繞了一整圈。

「這是城牆！」

繆里沒有白熱愛冒險故事，想得挺周到。

四角設有高塔，還有人手拿著弓站在上面。

「在這樣的城裡面，大哥哥就不用怕被人綁架，可以永遠在禮拜堂、書店和步道之間逛來逛去了吧？」

先前繆里以為旅程就要結束，慌得成為露緹亞的共犯。

面對必然到來的終點而哭哭啼啼的樣子，實在很不像她。

她就是適合天真爛漫地追逐光明到不行的未來。

「不過這樣有點可惜吧？」

「嗯？」

「用城牆圍起來，能住的人就很有限了。只要改善這一點，應該會是個很好的城鎮。」

對這張極其單純，孩子純真夢想般的城市設計圖挑毛病，或許太不識趣。可是繆里替我準備的基礎實在優秀，假如哪天我能成為一城祭司，將當地建設成這樣也不錯。

想到這裡，繆里從我手上將紙抽了回去，多欣賞了幾眼之後抱進懷裡。

「這樣就行了啦。」

正想為大人的多餘挑剔道歉時，繆里額外高興地再次注視她的夢想之城。

「這是大哥哥專用的城嘛。」

「……」

甚至將夢想之城寶貝地抱在懷裡。
有了禮拜堂、書店和環狀步道，我就能永遠在那繞圈圈了。
我試著想像自己站在那裡頭的樣子。
小小的天地，周圍的大城牆。
這給了我一個不得不問的問題。
「有件事我想問一下。」
「什麼事～？」
承自母親的紅眼睛。
時而理智，時而散發銳利的光芒，卻只有在動歪腦筋時才最燦爛，才是孩子的眼睛。
「城門在哪裡？」
城牆裡有路，卻沒有通往城外。
一開始是以為她省略掉了……
「沒有喔？」
繆里如此回答之後陶醉地高舉起來。
「因為我要永遠跟大哥哥住在這裡！」
「……」

如果尾巴露出來，應該是搖個不停吧。
這個愛作夢的少女就是動不動會這樣。
「回去重畫。」
「咦咦！為什麼！」
「沒有為什麼。」
我當然不認為這種城真的蓋得出來，但它總歸是繆里腦袋裡的設計圖。
還覺得她最近不把當新娘掛在嘴邊了，結果改打這種主意。
為此唏噓時，繆里像是不想再洩漏更多祕密，將紙塞進衣服裡並開始反擊。
「所以大哥哥，你剛才都在做什麼？」
那冷冷的眼神讓我想說她也只是去玩而已，但已經是大人的我硬是憋了下來，答道：
「總之我不是在發呆，一直到處聽人佈道。」
繆里似乎隨即粗略了解我的意圖，視線若有所思地往斜上跑，不解地問：
「……還以為你會很高興耶，是很沒意思嗎？」
原想說街頭佈道和樂手跟詩人那些表演不一樣，但想起迦南熱切講述神學的樣子，便閉上了嘴。人要以他人為鏡啊。
「不是沒意思，他們每個都說得很好。面對問題，也能正確回答。」

「那你怎麼悶悶不樂的？」

我不曉得該怎麼回答。

這裡聚集了許多佈道師，民眾聽得比任何城鎮的教堂還要專注。

人們在泥地打樁，搭建店鋪，運送商品過來，熱熱鬧鬧作著生意。

這一切都建立在黎明樞機的名下。

我這樣一個人，與世人認為的我落差之大，使我差點跌得頭昏眼花。

這樣講是最接近吧。

但若告訴繆里，她肯定又會說這都是我老愛彎腰駝背才會這樣想，我也知道這是非得接受不可的現實。

所以我再次握起當時注視的手並放開，說：

「聽了那麼多佈道以後，我覺得自己還有很多要學。」

繆里注視我的眼神，和母親賢狼如出一轍。

那深邃的眼眸想看透我是否說謊般稍微瞇起，最後無奈地閉上。

「不准你拿念書當藉口，結果都在跟迦南小弟聊天喔。」

是一半認真，一半說笑吧。

我對大發慈悲放過我的狼回答：「好好好。」腹側被她頂了一下。

鐘聲在這當中再次響起，周圍立刻陷入狂熱。

「黎明樞機大人！」

「上帝保佑！」

「黎明樞機大人！」

那音浪嚇得繆里肩膀一跳，捂住耳朵。

我們位在歐柏克的中央廣場。

稱為「元始教堂」的建築物正前方，還擠滿了塞不進教堂的人。外面就這麼吵了，裡面可想而知。

可是這個元始教堂實在簡陋得很難稱作教堂，就只是將半塌的石造建築勉強搭成教堂的樣子而已。牆都缺了一大塊，連門板都沒有。

而我也因此能勉強看見屋裡的講台，一名男子現於其上。

教堂裡的人，全都是提早進來等著聽講，必然是特別虔誠。他們立刻下跪伏首，我們周圍也有許多人不顧泥濘當場跪下。

在寧靜莊嚴，繆里也不敢調皮的氣氛中，假冒黎明樞機的男子開口了：

「神，派我來到了這裡。」

看不清長相，聲音聽起來與我年紀相仿。

由這麼一句話起頭的講道，與剛到時與我搭訕的男子說的幾乎重複。

體悟自己必須宣揚神真正的教誨，四處匡正教會弊病，在大陸各地遊說，最後來到此地。在這裡，認識了看不慣大主教仗著選帝侯地位作威作福的霍貝倫領主，並受到他的感召。

假冒黎明樞機的青年，在這時舉起右手指示「元始教堂」的二樓部分，人們跟著朝那裡拱手祈禱。

我也轉身凝望，發現二樓的特別座上有個貴族正悠悠地揮手。

腳下垂掛的旗幟，有劍與槌交叉的圖徽。

他就是霍貝倫吧。

「霍貝倫家要取回他們失去的大市集權利，但這絕不是為了利益。他們已經決定，只要舉辦大市集的權利重新回到他們手上，就要將它奉獻給神！為了遵從神的教誨，成就在這片土地建立新城的大義！」

周圍傳來壓抑激動的嗚咽，或是感動的啜泣。

還有零星幾個人呼喊著「救世主」。

「這裡正是代替一身弊病的大教堂，成為『元始教堂』重新出發的最佳地點。因為——」

青年在此稍作停頓，吸足民眾目光後說：

「這棟建築是古帝國的遺跡，由原始的教會所建立，從前對抗異教徒的最前線。」

青年的話使繆里倒抽一口氣。

這看似隨時會塌的石造建築，的確不像是廢棄個十幾年而已。

在這個長不出樹木，遍地泥炭的地方，單獨留下這麼一個石造建築是有點怪。所以這裡從前是聚落吧。

而他說這個石造建築，正是從前鼓舞、撫慰人民，給予眾人勇氣的原始教會的殘骸。

「我們要在這裡，建立遍行公平正義，遵照神之教誨的都市。」

他口才洗練，再配合手勢，十分有說服力。

而最有說服力的，是腳下他作為據點的遺跡。

「各位看看艾修塔特。要講述神的教誨，哪裡需要那樣的大教堂呢？允許他們用龐大捐款吃好肉，喝好酒的事，聖經一個字也沒寫到。那是一座用謊言建立起來的城啊。」

贊同與憤慨的嘆息如波浪般傳開，我也差點點了頭。

「這裡不用繳稅，也沒有囂張的官爺，更沒有不顧各位生活疾苦，以信仰的代價為由奪走你們手上那一點點銀幣的聖職人員。我們現在，都只是分享神之教誨的兄弟姊妹。」

感嘆與啜泣陣陣傳來。

「我們要用自己的手在這裡打造我們自己的城鎮，光耀神的城鎮。」

此話立刻博得盛讚，還有人讚美著神，呼喚黎明樞機。

人們為了多接近救世主一步而湧上前去，繆里驚叫著躲進我懷裡。

我也抱住她，撐開手肘不讓人擠倒，可是每個人都是表情恍惚，根本不在乎我們。

講台上的人不是黎明樞機，我當然是比任何人都清楚。

但他的口吻並不像是卑劣的騙徒。

有可能是氣不過教會的不公不義，想藉黎明樞機之名打擊貪腐才鋌而走險的一名佈道師。懂得選擇古帝國時代的遺跡，表示他們的行動不單純是一時衝動。原始教會的存在，在推行正確信仰的言詞中具有難以估計的說服力。

在民眾的激情達到頂點時，冒名黎明樞機的男子又說：

「但是我有個壞消息，不得不告訴各位。」

隨青年雙肩一垂，幾個大漢從講台邊現身。

他們抓著雙肩押出一名頸套粗繩的男子，引來民眾的驚呼。

「這個人，是來到希望之城歐柏克作生意的。」

男子渾身是泥，衣衫襤褸。

脖子上的粗繩，表示他是罪人。

「這個不必繳稅，人人正直的城鎮，對生意人來說應該是個非常美好的地方才對。可是這個人卻為了賺更多錢，在麵粉比例造假，還縮減了量酒器。」

現場一片譁然。

這等行為在普通城鎮已是重罪。只要是城裡人，任誰都曾被這種黑心商人騙過一、兩次。

人們紛紛站起來破口大罵。

「可惡的賊！」

「連神也敢騙！」

整場都是恨不得把他立刻吊死的氣氛，可是黎明樞機緩緩點頭說道：

「我十分了解各位的憤怒，這個人的確是違背了神的教誨。不過——」

他竟在那名抹布般的男子面前跪下。

替他解開套頸的繩子。

在疑惑的嘈雜中神色自若地卸下繩子後，他扶起那名男子，給予擁抱。

「他已經受罰、悔改了。誠心悔過的人，就應該獲得寬恕。」

不成聲的驚呼。

青年徐徐環視眾人，說道：

「那麼不願認錯，依然死抓著權力不放的大主教，究竟算什麼呢？」

人們一陣錯愕，有種突然凝固的感覺。

有如原本鬆散的麵粉，因些許濕氣而結成大塊。

「我們必須團結起來，而這座城也會在各位的扶持之下不斷茁壯。上帝保佑！」

群眾紛紛唱和，不斷重複：「上帝保佑！」「祝福黎明樞機！」

他們完全亢奮起來，推擠著想接近黎明樞機。

繆里不想再重蹈覆轍，巧妙穿過人潮，反過來拉住了我的手。

總算鑽出人牆後，我見到幾個籃子往來於人牆頂上。

人們將自己的衣服、金錢，甚至寶飾放進去。

籃子從頭頂送到下一個頭頂，是在募款吧。

為這激烈的騷嚷與熱氣，以及才剛結束的講道震撼得不能自已時，我注意到人影接近。

「可以的話，請為『元始教堂』盡一份力。」

一個聖職人員穿著的男性手捧籃子微笑著說。

十分明白那個黎明樞機是冒牌貨的我，覺得自己應該在這時候說些什麼。

還在想該說什麼才好時，有個人迅速往籃子裡塞了頂帽子。

「上帝保佑。」

然後握起雙手，現學現賣似的唸上一句。

聖職人員穿著的男性恭敬答應，往別人走去。

我默默目送那背影，拚命想把就在自己眼前上演的假講道吞下去。使群眾陷入狂熱的青年佈道師。

在我回想那烙在眼底的模樣時，繆里扯了扯袖子。

「大哥哥。」

往她視線所指之處望去，見到「元始教堂」二樓處的貴族樣人物下樓來了。有少數幾人向他問候，但其餘絕大部分都痴迷於黎明樞機，看不見他的存在。

這個霍貝倫看起來很不值得信賴，會是體型偏瘦的緣故嗎。身邊沒帶隨從，本人也遮掩面容似的低著頭。

「真的是貴族嗎。」

「……」

稱作霍貝倫的人物駝著背，走進「元始教堂」附近另一個屋子裡。那形影與堂皇講道的冒牌黎明樞機形成強烈的對比。

說這樣的人為了建設神的城鎮，要從惡毒的艾修塔特手中搶回大市集舉辦權，一時間實在很難相信。

一開始覺得他是假冒的，但這裡是霍貝倫家的領地，沒人會這麼不長眼吧。

所以那低落的背影，應該有他的原因才對。

「等我一下喔。」

繆里這麼說之後接近霍貝倫進入的屋子，在周圍晃了晃才回來。

「妳做什麼？」

她閉上眼睛屏住呼吸，搓搓鼻子說：

「我記住他的味道了。」

長相還能偽裝，連氣味都模仿可就難了。

如果他真的不是霍貝倫領主，繆里遲早會發現吧。

「再來怎麼辦？」

假黎明樞機身邊依然滿滿都是人。

我才是本尊這件事，繆里比我還清楚。

可是就連繆里也不打算在這裡指責他是冒牌貨。

因為她見到了那群人的狂熱，明白了我為何在雅肯那樣警告她。

現在揭穿他，等於是往沸油裡潑冷水。

人們愈是狂熱，反彈的憤怒就愈大。

「我們……先離開這裡吧。」

歐柏克充滿了粗野的朝氣。

要等到平靜下來，才曉得下實際看見、聽見的東西。

離開了歐柏克，馬上就是荒涼的草原。

與這寧靜相形之下，先前那地方的嘈雜更像是夢一場。

可是就在那粗糙城鎮的另一邊，可以見到集群眾狂熱於一身的「元始教堂」一小部分。

這一帶地形看似平坦，從遠處可以看出整體稍微傾斜，歐柏克是以「元始教堂」為中心，位在一個平緩的盆地裡。

「這裡的地形好奇怪喔。」

繆里望著這景色，牽行載著我的馬。

平常這種時候，繆里都會挖苦我兩句，這次什麼也沒說。大概是那時氣氛對我的震撼，遠超過我自以為的吧。

「……那個人真的不是黎明樞機吧？」

我下了馬，坐在繆里踩平的芒草上，問了這樣的蠢問題。

「才不是，根本不一樣。」

在講台上說話的，聽起來與我年紀相似。

「可是就算你不得不像他那樣講話，感覺還是很不搭。」

笑都不笑我，反而有種同情的感覺。

接著她在我身旁坐下，抱住屈起的腿，頭倚著我肩膀喃喃這麼說：

「其實我真的有點怕。」

那的確是正適合用「狂熱」形容的場面。

而且我對那份狂熱有一點點印象。

「好像阿蒂夫那一晚喔。」

那是我們離開紐希拉，正式與海蘭攜手對抗教會而來到的第一座城鎮。

對教會蠻橫行徑積怨已久的人民，一得到責難教會的大義名分，心裡的負面情緒就立刻暴露出來，做出讓狗穿上祭司服來戲弄的行為。

如果再有個人搧風點火，講道上最後被拖出來的商人，也會被失去理性的民眾吊死吧。

那實在太過火了。

在麵包成分作假，縮減量酒器這種事的確是重罪沒錯，但頂多是併科罰金，倒騎騾子遊街示眾而已。

如果說吊死就吊死，在一般城鎮必然會引來質疑，歐柏克的人卻顯然要以神的正義為由要他

的命。

煽動這情緒的，正是冒名頂替的黎明樞機。

「你想怎麼做？」

繆里像是在顧慮我，問得有些含蓄。

我慢慢閉眼，深呼吸之後回答：

「我要打垮冒牌貨。」

繆里睜大眼睛，狼耳跳了出來。

「我原本在想，他們說不定只是走偏了的信徒。太想追求正義，結果衝過了頭，不惜冒用黎明樞機之名，要攻訐欺壓百姓的大教堂城。」

我再吸口氣，嚥下留在咽喉裡的狂熱餘韻，繼續說：

「可是見過那場講道以後，我確定他們根本不是信徒，只是想煽動民眾積怨的騙徒罷了。我有責任，幫助那些受騙的民眾清醒過來。」

驚訝睜大眼睛的繆里突然一副快哭出來的樣子。

我是用了一些強烈的用詞，想激勵自己，難道對繆里來說太粗魯了嗎。正感到慌張時，繆里用哭臉對著我說：

「大哥哥……你長大了……」

「嗯、嗯嗯？」

繆里伸出手，將錯愕的我的頭抱進懷裡摸。

「我還怕你像個窩囊廢一樣哭哭啼啼的呢。」

還搓搓臉頰，抓抓頭髮，被我賭氣推開。

淘氣鬼嗤嗤笑得很開心。

「因為你聽得很感慨的樣子嘛。要是連你都上當，事情就麻煩了。」

「……」

我擺出厭惡的臉，她嘻嘻笑回來。

這少女仍舊是把我看得很仔細。

「沒錯，我認同他對教會的非議，覺得他的講道很有說服力也是事實。可是只要仔細想想，就會發現很多問題。」

希望之城歐柏克。

要建城是很好，不過我這段時間也不是白遊歷的。

「如果這裡是人跡罕至的地方，藉移民建立新市鎮倒還合理，可是由選帝侯大主教治理的大教堂城就在眼前而已。」

而且不是旅舍鎮那麼簡單。

是要舉辦大市集，正面衝突大教堂的利益。

「我也有問他們怕不怕跟艾修塔特打起來喔。」

「那他們怎麼說？」

「說黎明樞機不想打仗，壞心大主教也遲早會向正確的教誨下跪。所以要是大主教打過來，反而昭告天下他們才是對的。」

在暴君面前不斷禱告，最後真的擊退對方的故事，是確實有之。

之前迦南簡單打聽到，大教堂那邊趨向避免與歐柏克正面衝突。那是因為與所謂黎明樞機敵對，會被輿論當作壞人，所以大教堂也不得不慎吧。

不過這個世界，道理再硬也硬不過拳頭。

要是情況嚴重，他們必然會考慮動用軍隊力量，畢竟歷史是贏家寫出來的。

「霍貝倫家的勢力也沒有很強大的樣子。」

如果當時那位是領主本人，那麼他恐怕是個連隨從都帶不起的領主。

看那樣子，就連騙徒都瞧不起吧。

「我也有發現其他可疑的地方喔。」

繆里得意地說。

「妳是說那個套繩子的商人嗎？」

她難得驚訝得表情都沒了。

「咦，你怎麼知道！」

「當然知道啊。搞清楚，我也跟妳爸旅行了好幾年好嗎。」

繆里對我的評價實在很極端。

一部分是高得無庸置疑，一部分又當我蠢到極點。

「麵包配方造假，和縮減量酒器這兩件事，不會發生在一個商人身上。艾修塔特的旅舍老闆不是有說嗎？」

商人和工匠蜂擁到歐柏克去做生意了。

也就是說，這裡並不是路邊湊巧形成的臨時市場，完全是從大教堂城大舉遷來的居民。

那麼他們也會把自己的職業和買賣的地盤也一併帶過來才對。

烘焙坊不會賣酒，反之亦然。

想想就知道了。

那些罪狀都是捏造的。

「而且回想起來，他只是衣服破破爛爛，身上沒受傷的感覺。」

聽了我這麼說，繆里不甘心地嘟起了嘴。

「我只有看出受傷的部分……」

「說不收稅也是擺明扯謊呢。」

「咦？」

「講完道以後，不是有很多捐款籃在跑來跑去嗎。拿籃子的人，連人牆之外的我們都會找，在那種情境下又很難拒絕，就是變相收稅。」

一個個照順序檢視，就會發現疑點多得是。

「還有，妳放帽子進去是為了——」

繆里突然急著要摀我的嘴。

「不要都說出來啦！討厭！」

我擋開撲上來的繆里，確定自己果然沒想錯。

滴水不漏的狼，想代替被冒牌貨震懾的兄長下一步好棋。

「妳是想查出東西會收集在哪裡，賣到哪裡去吧？」

繆里像是精心策劃的惡作劇被提前拆穿一樣，失望地用力嘟嘴。

然後重重一嘆，不甘不願地對我說：

「對啦，盜賊團一定會有個基地嘛。」

繆里是在發現所謂的黑心商人只是用來煽動氣氛的演員時，就開始往這方面想了吧。她在大學城雅肯，也看出了小混混的地盤界線。

有這雙眼睛替我注意周遭，很快就能發現騙徒還有同夥，不止假黎明樞機一個。

所以下一步就是找出他們的巢穴。

「那妳可以帶我去找他們的基地嗎？」

沒什麼比繆里這時的笑容更可靠的了。

雖然白天出太陽時很溫暖，入夜後還是有點冷。

而且這裡還是稍微吹點風就聽起來很悲涼的芒草原，待在這種地方不禁令人想起當流浪學生時的惶恐。

被人稱為黎明樞機的現在，該不會是兒時的自己作的夢吧。

這麼想時，周圍傳來野獸伏地爬行的獨特動靜，以及撥開草叢的聲響。抬頭一看，一頭狼冒出頭來。

『找到嘍。』

大概是在草叢裡沾上了東西，她用力甩了甩頭。

為了不讓繆里看出我鬆了口氣，我故意面無表情地站起來拍拍屁股，又在看起來比我更不安的馬脖子上輕摸幾下。

「先在這等我一下喔。」

馬應該不懂我的話，但是有繆里在，多少能理解吧。

牠明顯地看著銀狼，踏了幾下腳。

『還是我比較好騎吧？』

繆里載著我奔過芒草原時，說了這樣的話。

從艾修塔特租來的馬大概是母的吧。

「基地是什麼感覺？」

不太想接話的我直接發問，結果繆里冷不防一跳，晃得我差點摔下去。

『這裡有很多小河，很容易沾到泥巴。』

我點點頭，就當作是這樣吧。

『跟那個破教堂差不多感覺。』

「用遺跡蓋的嗎？」

『大概吧。有一個像是從泥巴裡挖出來的地窖，東西都搬下去了。裡面有酒跟烤肉的味道，有音樂聲傳出來，還有幾個女生唱得很高興。』

「這樣啊……」

簡直像是畫裡蹦出來的盜賊團。

要是有異端審訊官插手，發現自稱黎明樞機的人與其朋黨在那胡作非為，事情就麻煩了。

『可是，這個地窖有點怪。』

「怪？」

繆里放慢步伐，伸長脖子望著天說：

「大概還有其他祕密出口。在不是草原的地方，也有肉的味道。」

狼的鼻子果然厲害，可是繆里對這種事有疑問反而奇怪。

「盜賊多留幾條密道逃跑，沒什麼好奇怪的吧？」

況且我們還認識伊弗，知道人的城府能有多深，密道又是繆里喜歡的故事元素。

『嗯～是這樣沒錯，但我不是說那個……』

繆里忽然停下來。

『你看，這裡也是。』

「嗯？」

接著用前腳噠噠噠地拍著地面走。

『在這片廣大的草原底下，埋了一大──排像這樣的東西。』

「……」

天色暗，看不太清楚，我便跳下繆里湊近去看。

原來是人工加工的石塊，成排埋在土裡。

「會不會是石牆底座的遺跡啊？」

聽了我的第一印象，繆里靈巧地聳動她狼的肩膀。

『這裡到處都有埋這種石頭，一直延續到歐柏克那間教堂的樣子。如果是牆，那就是很長很長的牆了。』

我往繆里轉頭的方向望去，依稀能見到歐柏克的炊煙。

『然後冒牌貨的基地那裡，也有這種東西延伸出去。』

「……」

而且她剛說，基地是從土裡挖出來的。

我在心中試著鳥瞰這區域，低聲說：

「城牆的遺跡？」

繆里的大耳朵忽而豎起，尾巴也翹了起來。她才剛剛畫過用沒有城門的城牆圍起來的夢想城鎮圖。

「我是有在山岡上的要塞見過這種城牆遺跡……」

我說的當然不是繆里的夢想。如果他們是以廢棄要塞為基地，想一網打盡就難得多了。

只不過以石牆基座來說，腳下這些石頭有點太薄了些，感覺不太對。

「而且這規模實在太大了，又完全沒有牆壁部分，只有底座乾乾淨淨留下來也很奇怪。」

繆里嗅嗅石頭的味道說：

『我在想，說不定是地下密道。』

「密道？」

『好像有很多地方是中空的，還有肉味滲透出來。所以說不定是想用這種密道，繞到敵人背後偷襲。』

這麼說來的確像是通道遺跡，但爬起來感覺太窄了。

喔不，如果是專門捕獵穴兔等穴居動物的獵人，這樣是家常便飯吧。

可是不管怎麼想，我都會想到在貴族廢屋水道遺跡摔個倒栽蔥的魯．羅瓦。

「如果是想在攻城戰中溜出城牆，那這個地道要挖深一點才對吧？而且這規模感覺太大了。」

我跪下來，觸摸半埋在草泥裡的石頭。繆里用鼻尖蹭我肩膀，下巴重重地放上來。雖然她沒赫蘿那麼大，但也不是可愛小狼的大小，實在有點重。

『是沒錯啦，可是人家說古帝國在這裡建設戰爭據點，說不定就是有這麼誇張的大戰啊。』

迦南有說過類似的事。

艾修塔特離這裡有段不小的距離，可是以前海面高，當時的海岸線要更往內陸靠才對。這麼說來，如果艾修塔特以前的位置更偏這裡也不奇怪。

所以這裡會是從前與艾修塔特一體化，與異教徒打得昏天暗地的軍事設施最前線……？

「我是覺得怪怪的，但我也想不到打仗以外的用途了。」

『絕對是打仗啦。』

肩膀上的下巴一直在推我，是為了我先說出來假黎明樞機作假的事，在報仇吧。

「如果這是古帝國遺跡，艾修塔特的書庫或許會有記錄。回去以後查看看吧。」

畢竟艾修塔特是以古帝國前線基地為基礎發展而成的城市。

心想借迦南之力很快就能完成時，肩上的重量消失了。

轉頭一看，繆里是一臉的不解。

『怎麼突然這樣？你對這種事不是沒什麼興趣嗎。』

平常老愛要任性要人好好聽她說話，這種時候反而不知在退縮什麼。

「因為這大概就是那群騙徒的說服力來源之一。」

『？』

繆里抬起頭，將遠處歐柏克的燈火與這裡作比較。

「建造這個遺跡的時代，根本就還沒有那座華美的大教堂吧。當時教會正在想盡辦法傳教，有很多教會父老在古帝國騎士的護衛下踏上旅程，勇赴邊境。」

熱愛冒險故事的繆里明白了我想說什麼吧。

她銀色的毛髮稍微膨脹起來。

「歐柏克的狂熱，應該不單是冒牌貨說得動聽而已。」

是因為有某種無法否定的成分強烈打動了人心。

他們狂熱成那樣的原因，會不會是古帝國時期的遺風呢。

『……因為傳說就在這裡？』

雖覺得有點附會過頭，但與我想說的差不了多少。

何況我們自己，今後還需要拖很多同志下水呢。

「他們在冒用我的名聲。既然我們也要募集同志，參考一下他們的方法也不為過吧？言語總有其極限，如果以原始教會作基底，就能夠非常強烈地表達我們的目標了。」

我邊說邊起身，和繆里一起望向歐柏克。

這片四周盡是無垠茅草的荒原上，在從前可是聚集了一大群教會父老和騎士，與異教徒發生激烈戰鬥，最後成功破敵，以此為據點向北推進，留下許許多多的足跡。

或許這陣微風，就是古人走過這裡時留下的。

看得見、摸得著的東西，能帶來難以估計的說服力。

「可是這麼一來，我反而不懂那些騙徒想做什麼了。」

像是望著歐柏克古代燈火的繆里整個身體轉過來。

「以騙徒來說，妳不覺得他們太老練了點嗎？」

繆里看著我，閉上眼一小段時間。

『我們就是要去查清楚的不是嗎？』

然後哼哼鼻子，紅眼睛閃閃發亮。

幹勁十足的樣子。

「是啊。像從前的教會父老和騎士一樣上戰場吧。」

繆里半張著嘴錯愕一下，隨後搖著尾巴頂我的腰。

「嗯、喂，繆里！不要，會痛啦！不要再頂了！」

平時她以少女的模樣撲過來，我就快承受不住了，狼形更是覺得有生命危險。

在實際上演過古帝國故事的這塊地方說像他們一樣，對繆里來說刺激可能太大了。

等她總算平靜下來，我才又跨上她的背，並在她耳畔提醒：

「我們只是去調查的，想打人等以後再說。」

粗魯的狼轉動她的紅眼睛看我一眼，以奔跑答覆。

覺得她自稱騎士還嫌太早的唏噓也隨風而逝。

草原上明明空無一物，豎起耳朵卻能聽見某處傳來音樂和笑聲。四周看不見住人的建築，若是迷信的人說不定會以為是精靈在開酒會。

這樣的地方實在非常適合騙徒設立基地，距離歐柏克遠，對我們也方便。

繆里壓低音量但清楚地發出長嚎，那突兀的音樂聲便戛然而止。

有狼？在這種平原？是野狗吧？

彷彿有如此對話的空白過後，一處有個小落差的草叢傳出木頭摩擦聲，光線透了出來。

門上黏了芒草，乍看之下還真的看不出來。

幾個人推開門，野鼠似的從地下基地探出頭來。

可是門外的夜晚與平時沒有兩樣，只有芒草隨風搖晃。

在幾乎能聽見安心的喘息，門就要關上的那一刻——

長嚎再次響遍草原。

這次更近更清晰。

「喂！」

「真的不是野狗嗎？」

「我怎麼知道！快去看其他的門！」

一陣慌亂之後，門碰一聲關上，還有上門的聲音。

繆里大概是隔了段距離也能了解狀況，第三聲長嚎顯得有些雀躍。躲在草叢裡觀察情況的兄長，只有嘆氣的份。

不久繆里現身，在地下基地外的地面來回踱步，人聲聞嗅，並明確地往我看來。

承自母親的紅眼睛燦爛閃動，平時不怎麼保養的尾巴旗幟似的大搖，張開嘴巴朝向天空。

第四聲長嚎一點保留都沒有，連我聽了都怕。

隨夜風搖擺的芒草也為之震顫，沙沙作響。

當長嚎餘韻退去，繆里旋身一跳，落在先前那群男子探頭出來的門前。

『咆嗚！咆嗚嗚嗚嗚～～！』

然後發出很有狼味，我從沒聽過的吼聲抓起門來。

從外面看來，猛搖尾巴的繆里就像是在學貓磨爪一樣玩得很開心，可是裡面的人一定緊張得要死。

門上的草被她刮開，木板破裂，透出裡頭的光線，同時還有慘叫與吶喊。

繆里往我看一眼，好像在笑。

『哈！咆嗚！哈！』

接著發出很故意的急促喘息，將鼻尖塞進門板裂縫。

裡面的人看了都嚇破膽了吧。

如果只是長嚎和喘息，還有可能是飢餓的野狗。

但現在從裂縫中露臉的，卻是體大如熊的狼。

『哈！哈！哈！』

繆里忽然從裂縫抽回鼻子。

門裡的人或許在期待那惡魔般的巨狼能夠轉念離去吧。

可是繆里顯然是在倒數計時。

愛搗蛋的狼突然將上半身和前腳仰得像鐮刀一樣，隨後撞了上去。

『嘎嗚嗚嗚！咆嗚嗚嗚嗚！』

兩隻前腳將門整個撞爛，發出地獄看門狗般的恐怖低吼，還仔細地把毀壞的門板一口口咬碎。

在繆里嘴裡，門板簡直像雞蛋和麵粉做成的點心一樣，嘎吱嘎吱地碎裂。

但她只顧大聲咬碎門板，遲遲不進去，是有理由的。

吼得很嚇人，尾巴卻搖得很高興的繆里，用腳壓倒已經沒有任何用處的門板，往我看來。

『大哥哥，可以進來了。』

可憐的地鼠似乎都從密道平安逃脫了。

「太誇張了啦。」

我說得很無奈，可是過足狼癮的繆里就像隻捱了罵卻以為對方想跟牠玩的狗，猛搖尾巴與我嬉鬧。

「裡面都沒人了嗎？」

從門口探頭進去看一眼，裡面完全是中途遇襲的宴會，一片狼藉。

『冒牌貨的味道……不在這裡。大概是城裡也有藏身處吧。』

椅子酒杯東倒西歪，湯還冒著熱氣，蠟燭還沒燒完。

耳鼻敏銳的繆里先進去，偷吃了點桌上帶骨的肉，並擺尾要我過去。

「還滿大的耶……而且，都是石頭堆成的。」

原先想像的是更為狹窄，好比山洞的地方，結果怎麼看都是完整沒入地下的石造建築。

可是往上一看，又覺得奇怪了。

「頂部也是石頭？」

如果這是古帝國遺跡，可以合理假設它已經埋在地下上百年了。

然而這片拱形廊頂，是用石材仔細堆砌而成。而且仔細看還能發現，牆壁與地面的石縫間，還徹底填充過。

這不會是那群盜賊所為，應該原本已是如此。

「簡直就像是……」

我環視在宴會痕跡下更顯悲涼的地下基地，心想——

這會不會一開始就建於地下，而不是隨著漫長歲月慢慢埋沒的。

目的又是什麼？

隱士不會用這麼精良的地方修行，又實在不像教會建築。

這麼想時，右手有陣濕氣。

繆里用鼻子蹭著我，擺頭要我跟上。

基地不像一般建築，房間直接用門隔開，中間有連走廊都稱不上的奇異窄道相連。

我不由得想起流浪學生時期的往事。有天肚子實在太餓，跑去追河堤裡挖洞的大老鼠，甚至鑽進鼠窩裡。這裡就是那種感覺。

盜賊似乎是將通道兩頭的大空間當起居室或庫房使用，有個地方用來堆放酒食和大概是募得的物資。通道不時分岔，地上還有拖行重物的痕跡。眼睛順著看過去，發現一口傾倒的大木箱。灑出了許多金幣銀幣。

「看來他們真的走得很慌。」

大概是被繆里的突襲嚇到，想帶著錢箱跑，結果太重了搬不動，拖到一半卻翻了。

別管那個了！可是……！狼又不會吃金幣，先跑再說！——似乎能看見這種情境。

我為這群罪孽深重的可憐蟲祈禱上天的憐憫，追隨先走一步的繆里。

到了繆里身邊，發現她在某個房間前低著頭，聞洩出門縫的氣味。

聞了一會兒後，她抬頭起來看著我，催我給她摸頭，我便乖乖照辦。這時門後傳來呻吟。

我嚇得渾身一繃，而頑皮狼像是正等著看這個，賊笑著站起來，用鼻子推開薄薄的門板。

裡頭和先前經過的庫房或起居室不同，顯然是臥室。

燈火只有牆上快融光的微弱燭火，只能勉強看見物體輪廓。

可是我也聞得出來，房裡的空氣很雜亂。酒味、油味，以及放棄了許多事物的人身上特有的氣味。

有個瘦子趴在桌上。

就是霍貝倫。

「……喝酒……跟賭博啊。」

紙牌和骰子都散了一桌。

含倒在地上的，椅子共有四張，還有四個沒喝完的酒杯，表示他們是賭到一半倉皇逃難。

被單獨丟在這裡，是因為中途醉倒了吧。無論如何，看得出來盜賊對他的敬意是裝出來的，根本不把他當同伴。

他右手抓著酒杯不放，左手則捏著一張紙片。

請繆里確定他睡著後，我將燈火拿近來看。

紙片很老舊了，畫有某種東西。

『井？』

繆里像隻想跟主人吃同樣晚餐的狗，趴到桌上看。

我也覺得像井，只是形狀有點怪。

思考究竟是什麼時，繆里的耳朵忽然豎起。

『……』

然後對我使眼色。

該不會逃跑的盜賊又回來看狀況了吧。

『大哥哥你先回去，我去拿帽子。』

繆里說完就跑向黑暗。

想說還拿什麼帽子時，她已消失在黑暗裡。

我無奈地垂下肩膀。

最後簡單用習慣了黑暗的眼掃視一下房間，在牆上發現徽旗。

圖案是兩把劍交叉於盾前，十分常見。但仔細一看，發現其中一把並不是劍，而是——

「鎚子？」

覺得貴族家徽難得用到鎚子時，我被霍貝倫第二次呻吟嚇回了神，退回通道。
跨過翻倒的錢箱，往印象有經過的通道拐彎。
就算走錯了，繆里也追得上我。再用大衣蓋住口鼻，撞上盜賊也不怕長相被看見。
結果我真的走到了死路。
都能聽見繆里笑我笨了。
想回頭時，我發現那並不是牆，是一扇堅固的門。
說不定這裡才是金庫。
我沒有偷拿的念頭，只是覺得趁機了解他們的財力也不吃虧，便以肩膀推開了沉重的門。
一股金屬味立刻衝進鼻腔。
他們究竟騙了多少錢啊。想到歐柏克居民狂熱的虔誠，使我對騙徒的憤怒滾滾而上。
我們對抗教會，要的並不是錢。
是為了達成更為崇高的天命，走神所明定的正道，對抗世間的不公不義——
想到這裡，我忽然聞到豬油味。
與金銀幣關係甚遠的氣味。
可是我知道某類金屬與油脂味走得很近。
就是那個野丫頭愛不釋手，每天都保養得跟頭髮一樣用心的——

「這是……」

燭光照出的，是與騙徒並不相襯的大量武器。

「這、這麼多是要做什麼？」

專行歹事的人有武裝沒什麼了不起，問題是量多到令人目瞪口呆。

房裡堆滿了武器，從腳邊一路堆到頂。

「……」

冒名黎明樞機，騙取幾天食宿。

當初我還在想會不會是種常見的騙局。

可是歐柏克是個沸騰的信仰之城，他們還用古帝國的堅固遺跡當基地。

現在還有這麼多武器。

我嚥嚥口水，慢慢後退、轉身。

是怎麼走出去的，我已經不記得了。

甫一回神，我人已離開了基地，不久繆里也來了。

只見狼頭上戴著小小的帽子，脖子掛著一串巨大首飾般的香腸，嘴裡還銜著一大塊鹹豬肉，滿意得不得了。

思緒跟不上基地所見，還有點恍惚的我，見到頑皮狼的頑皮樣而忍不住笑了出來，這才發現自己很久沒吸氣了。

「還有個蜂蜜桶沒拿呢。」

繆里恢復人形，摸著戰利品這麼說。

我們就此遠離基地，來到約在歐柏克與艾修塔特中點的山丘上才野營。周圍草叢茂密卻很通風，正適合睡上一晚。

雖然指責繆里怎麼可以理所當然地偷走食物，卻被一句「飢餓的大野狼闖了進來，怎麼可能不把糧食庫搜刮一遍才走」打了回票。

而她大概是看我說不出話，又乘勝追擊：「還是你覺得我大肆破壞，把食物都浪費掉比較好？」我只好投降。

「話說大哥哥。」

繆里主張與其用泥炭取暖，不如直接蓋毛毯，並當場實踐之後，裹著毛毯的她用肩膀往並排坐的我肩膀撞。

「你發現什麼了？」

繆里的感覺本來就很敏銳，看到我在基地外顯然反常地茫然徘徊，馬上就知道出事了。

「……」

可是我一時答不上來。

對於所見之物本身，我當然是能夠說明。房裡滿是如薪柴般成堆捆起的刀劍，以及立在牆邊多如芒草的槍矛。

還有戰斧等可怕的武器和許多弓箭。

乃至頭盔、盾牌、鎧甲，皮製金屬製都有。

再加上那個醉倒的人。

「那些人真的只是騙子嗎？」

在我沉默不語時，繆里從行李翻出不怕濕氣的硬烤麵包來啃，眼睛和狼耳一起轉過來。

「很合意呵？」

含著硬烤麵包問「什麼意思」的繆里，直接把麵包咬斷。

「和妳分頭之後，我走錯了路，結果在不小心走到的房間裡，發現了很多很多武器。」

張嘴想咬第二口的繆里停住了手。

「武器？」

「明顯是遠超過他們能用的量。」

繆里看看手上的麵包，用比任何武器還銳利的牙齒咬下去。

「那不就證明那裡是古帝國戰爭的堡壘嗎？」
「會有人從幾百年前就用一大堆油給它們保養到現在嗎？」
啪嘰、嘎哩。將硬烤麵包啃出恐怖聲響的繆里聳了聳肩。
「不是啦，我是說方便打仗。」
我愣了一下，反問：
「妳說他們想跟艾修塔特開戰？」
「不然哪裡還有敵人？」
不敢相信我會這麼問的表情。
「指揮官嘛，有那個貴族在。」
乍看之下，霍貝倫像是個自暴自棄的人，但地位還是在那裡。
不過這麼一來，有一個問題。
「他們怎麼會丟下指揮官逃跑？」
「騎士伸張正義的故事裡，有很多那種壞蛋啊。壞蛋首領每次都被手下拋棄，一個人求饒呢。」
故事是故事，現實是現實，可是對繆里說這個也沒用吧。
我喘了口溫度略高的氣，嘆道：

「感覺事情不太對勁。」

「是喔？」

才一下子，繆里手上的硬烤麵包只剩一點點了。她啪喀啪喀地大口啃咬，將最後一小塊扔進嘴裡拍拍手說：

「既然冒牌貨是確定是騙子沒錯，問題反而簡單啊。」

「……」

繆里曾說我只看見世界的四分之一。

完全不懂女性，所以扣一半。

再扣一半是因為——

「其實全都是騙人的吧？」

看不見惡意。

「利用你的名聲騙那麼多人，真的都是為了錢嗎？我看這本身就是騙人的吧。」

在幽暗森林也能自由奔走的狼，笑彎她的紅眼睛。

「你的敵人是誰呀？」

我的視線隨這問題揚起。

在這個地勢略高的地方向西望，能看見一點點。

大教堂衝天尖塔的剪影。

徹夜不熄的燭光，在闇夜中隱約閃動。

「妳說這都是艾修塔特在自導自演？」

繆里沒有回答。

只是表示對話結束似的將腦袋靠在我肩上，裹緊毛毯。

我們從雅肯趕來這裡，正是因為得知有人假冒黎明樞機，要防止他敗壞名聲。

那麼恨不得挖出黎明樞機醜聞的教會，該怎麼做呢。

曾有個小丑酸溜溜地問我，要怎麼才能當個預言家。

「親手實現預言就行了。」

繆里用她的狼耳尖搔著我的臉頰玩。

其實，這群騙徒真的太熟練，熟練過頭了。

長滿貧瘠泥炭地的芒草另一邊。

艾修塔特的影子，依稀浮現在黑泥之海中。

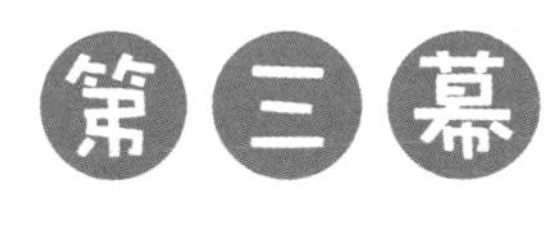
第三幕

隔天一早，我們先回歐柏克看看狀況。

那裡依舊熱鬧，充滿信仰，「元始教堂」擠滿了作早禮拜的人。

今天一樣離假黎明樞機很遠，看不清長相，但感覺有點睡眠不足，周圍的聖職人員也是。若說是怕狼又來，守了一整晚，會想太多嗎。

如今他們每個看起來都像是騙徒。這些佈道師究竟誰真誰假，與我分開行動的繆里會用她銳利的眼睛看個仔細吧。

等禮拜結束，又會有人來討錢，所以我提前離開了「元始教堂」。

且不和繆里會合，一路走出歐柏克。那裡空氣太濃重，我一刻也不想多待。

和我的冒牌貨在內，他們並不是只想賺點小錢的小賊，而是有組織的詐騙集團。這些騙徒鼓動群眾的怒火，究竟想煉出怎樣的鐵呢。

我想起昨晚繆里的指點，以及陰暗房間裡山一般的武器。

假冒黎明樞機的人，將會下令拿起武器，而拿起武器的，是奉黎明樞機為救世主的無辜人民。

如果只是騙錢，沒必要做這種事。

也就是說，醜惡陰謀的暗影正悄悄接近信仰遭煽動的人們腳下。

這群相信黎明樞機而來的人，說不定都有危險。

「大～哥～哥～！」

離開歐柏克，牽著馬走向艾修塔特的路上，繆里從背後撞過來，還死纏著我。看得出來她是看我鬱鬱寡歡，才故意這麼做。

於是我努力把怨言吞回去，問：

「妳那邊怎麼樣？」

繆里的兩隻手，抱著用大葉子包住的現烤肉和麵包。

大概是拿昨晚的戰利品跟商家換來的。

「騙子總共有十個吧。算上感覺像騙子，昨晚不在基地裡的人，大概二十個左右。」

昨晚的突襲裡，繆里在基地裡大量留下了自己的氣味。

即使過了一晚，也能認出有誰曾經出入的樣子。

「無論如何，憑那點人要攻打艾修塔特是不可能的。」

這麼說來，那一大堆兵器盔甲真的不是他們自用。

是要以守護正確信仰的名義，交給被他們煽動的人吧。

「我還聽說了歐柏克的一些壞事。」

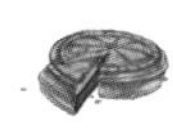

繆里邊說邊拆開葉子，裡頭冒出香噴噴的蒸氣。

「我找個看起來很壞的商人，跟他說我不小心把很重要的東西捐出去了，結果討不回來，馬上就打聽到了。」

不知該不該誇她，繆里那方面的眼光和演技實在厲害。

「捐出去的東西，好像都賣到其他城鎮去了。我去另一家店買胡椒，老闆就跟我說東西是賣到艾修塔特那條河上游的城鎮，而且稅金的事跟你說的一樣。我是聽說這個大市集不收稅才來的，結果根本沒那種事，一天到晚要人捐錢，最後都被那些死光頭賺走了。還做什麼生意啊！」

後半是在模仿那位商人吧。

我不由得想像了一張缺了牙齒，皺紋像鞣皮一樣深的臉。

不過裡頭有個無法忽視的字眼。

「胡椒？妳剛有說胡椒？」

繆里正好張開大嘴，要將烤肉塞進嘴裡。

看起來很可口的紅肉上，有零星的黑點。

她把頭甩一邊去，沒空回答似的忙著嚼肉。

「妳該不會把昨晚那些金幣——」

「才沒有！我才沒偷咧！」

繆里抽出抱著的麵包塞給我。

「是用拿不下的去換的啦！」

「……」

她不像是說謊，可是從基地拿肉回來的行為，要說偷也未嘗不可。然而遭遇狼襲，糧食卻安然無恙反而奇怪，浪費食物也不對，繆里的說詞是有道理。

有種夾在正義與說詞與教育之間，被石臼搗成胡椒粒的感覺。

「總之，冒牌貨能確定不是臨時起意做壞事了。還有，我也打聽過霍貝倫家的事。」

我啃著被烤肉的熱氣稍微燻軟了的麵包，往繆里看。

「那個家族已經衰敗到快沒氣了，還因為欠艾修塔特的商人太多錢，連房子都被人家拿走。大概是走投無路才會跑到那裡去。」

就是昨晚那個被騙徒單獨丟在基地裡的可悲貴族。

他的領土，是種不了作物的泥炭地。

既然是走投無路，那麼掛在房裡的徽旗肯定不是騙徒聊表敬意，就只是霍貝倫最後的顏面。

「即使明知自己是被騙子慫恿、利用，事到如今也抽不了身，只好喝酒自舔傷口……是不是很有這種感覺？」

下山遊歷，嚐過冒險的樂趣，自己也能天馬行空亂寫故事以後，繆里的詞彙量有明顯增加。

但總是學些不三不四的，讓我這作哥哥的很傷腦筋。

更糟糕的是，她說的「被騙子慫恿、利用，事到如今也抽不了身，只好喝酒自舔傷口」，正好跟我的印象吻合。

折磨那個爛醉貴族的，究竟是騙徒的自私自利，還是艾修塔特的陰謀呢。

無論何者，都不能縱放。

不只是因為他們冒用黎明樞機之名作惡。

還包含他們欺騙大眾，踐踏可憐的貴族。

其中沒有半點正義可言。

「這一切，神都看在眼裡。」

我抓著繆里換來的麵包，咬下一口。

儘管騙徒背後肯定有個大陰謀，但我們得到的線索全都仍大得無法咀嚼。必須先加以細分，重新排列才行。

現在能確定的，只有聚集在歐柏克的人群腳下，埋藏著危險的刀刃。

想著想著，我們回到了艾修塔特，而那裡正好有個剃刀似的人物在旅舍酒館等待我們。

「伊弗姊姊！」

見到停在旅舍前的浮華馬車而猜想是她時，繆里已經發現她的存在，三步併作兩步撲上去了。

伊弗今天的穿著難得沒那麼招搖，美貌藏不住的紅傘少女，以及木訥和善，教繆里劍術的護衛亞茲都在。繆里向他們一一擁抱、問候。

那裡有好久不見的感嘆，同時還有驚喜。

我也接在繆里之後走向他們的桌位道好。

「沒想到妳會親自過來。」

我從雅肯寄出的信上，寫到大陸疑似出現假冒我身分的騙徒，要借用海蘭與伊弗的管道和智慧，請大陸方的有力人士儘快為真正的黎明樞機作宣傳。

還以為來的肯定是抱著一堆文件的使者，居然是大商人親自出馬了。

「我們家的小寶貝終於要踏進宮廷裡了，姊姊怎麼能坐視不管呢。」

為伊弗的賊笑苦笑時，我注意到她身旁的繆里看我的表情。

那是自認為同屬蠢哥哥監護人之列的表情。

「一旦進了宮，當地政商就會前仆後繼地跑來攀關係，有必要讓大家知道你是誰家的羊。」

看著連這種話也直點頭的繆里，我垂下肩膀說：

「在那之前，有個問題必須處理。」

「冒牌貨是吧。那種事天天有，結果這次離得這麼近。」

伊弗站起來，下巴往外一抬。

「我在港邊租了房子，到那裡說吧。」

瞧老闆對快步離開的伊弗不斷鞠躬哈腰的樣子，想必是收了很多小費。

繆里和伊弗一起上了馬車，我單獨騎上租來的馬跟上。途中繆里從馬車頻頻回頭，笑呵呵地對我揮手，我也無奈地揮回去。

他們乘坐的馬車直往城西行進，一路駛出城牆。

不僅鋪石道延伸到城牆外，城鎮也是。這大概是海岸線逐漸遠離，為填補城與海港之間的空白而出現的新區域吧。

穿過這個活力比城牆內稍弱的區域後，平穩得有如湖面的海便映入眼簾。

「妳一樣是租倉庫啊。」

馬車停在海邊連綿的建築之一前。

伊弗聳聳肩，迅速進門。我跟著進去，赫然發現魯．羅瓦和迦南過來接我。

眾人圍著大桌，聽我們說明歐柏克的所見所聞。

發現基地和入侵的部分，繆里講得尤其投入。

看她愈講愈興奮，再說下去就要打起龍來了，我便找適當時機插嘴。

「目前有兩個懸念。第一是在基地裡醉倒的人究竟是不是真的霍貝倫本人，第二是那一大堆武器。」

話被我打斷的繆里嘟起了嘴。坐旁邊的迦南看她講得滿頭是汗，拿杯冷飲給她，她就不嘟了。

魯．羅瓦回答：

「那是霍貝倫家當家沒錯吧。房子被拿去抵債的事，我也聽城裡愛看書的城市貴族說過。被捲進這樁貧瘠領地上演的陰謀，醉倒在騙徒的基地裡，是很可能發生的事。」

如果霍貝倫就是這整個陰謀的首腦，事情就明朗得多了。不過從他在假黎明樞機講道之後低著頭離去，再加上醉臥基地的樣子，實在不太可能。

不管怎麼看，他都是受牽連、遭利用的一方。

這時伊弗說：

「養不飽人民的領主根本算不上領主。這種土地，頂多只能種種餵家畜的牧草罷了，水患又多。像這種被糟糕領地拖垮，窮途末路的領主其實還滿多的。」

我忍不住想像伊弗冷笑著放貸的樣子，趕緊甩甩頭停止胡思亂想。

「就是這麼回事。而且以前海面高，維護起來硬是比別人辛苦。以前把大市集的權利交給大教堂城，八成也是經營出問題的緣故。」

那片濕地連繆里都吃不消，所以能體會一二，但有件事我不太懂。

「我在紐希拉做了那麼多年，知道大市集經營起來也是很辛苦的事。那為什麼換了大教堂城就經營得下去呢？」

那座大教堂十分雄偉，尖塔上的燭火還徹夜不熄，在歐柏克週邊都能依稀見到那光芒。可說是滿庫財富漏出的光。

歐柏克那些對大教堂的指責，在腦海中響起。

「因為教會整個組織就像大市集一樣，和領主自己去經營差很多。」

我往伊弗看，她聳了聳肩。

「就是不需要忙得汗流浹背，人就會自己過來捐錢。光是不需要另外收稅來舉辦大市集，就不曉得輕鬆多少了。」

在歐柏克講道後傳傳籃子，人們就爭相捐獻，徵稅的確是比也比不上。

「擁立冒牌黎明樞機，信徒就會自己聚過來的話，足夠上演大教堂那套了。然後，武器的事也能夠解釋。」

繆里對此起了反應。

「武器？為什麼？」

歐柏克和艾修塔特戰力差距顯著。凡是有正常判斷力的人，都不會覺得歐柏克能打垮艾修塔特，繆里也是因此導出事情恐怕是艾修塔特自導自演。

若真是如此，他們要的就不是歐柏克的勝利，而是黎明樞機挑起戰端的既定事實。說不定是想藉此向世間宣傳，黎明樞機是個會主動威脅既有權力的危險人物。

這樣就能解釋騙徒為何會有那麼多武器。

可是伊弗的著眼點似乎與繆里不同。

「愛聽戰爭故事的小小姐啊，請問攻城時攻方的戰力，大概得是守方的幾倍呀？」

繆里嚼嚼豬肋排吞下去，回答：

「大多是說十倍啦……」

「那這樣還打得起來吧。」

伊弗啜飲一口以稀奇玻璃杯裝的酒。

和繆里一起歪頭猜想伊弗想說什麼時，野丫頭更把頭伸了出去。

「啊，我懂了！妳是說他們沒有要攻打這裡，而是在準備守城？」

「咦！」

伊弗在錯愕的我面前很刻意地微笑。

雙方戰力差距，是極為巨大。

然而一旦轉換觀點，那些武器就會完全變成另一種面貌。

「那種開闊地形乍看之下不利防守，可是土地很泥濘。只要挖個壕溝圍起來，攻方就會打得很煩了。泥濘會讓士兵的腳步凌亂，穿重甲的騎士會陷得更深，馬滑倒了又會瘋狂掙扎，沒那麼容易攻下來。」

繆里嗯嗯點頭，這樣想也確實合理，但我仍不太能相信。

而且伊弗自己也摸摸下巴說：

「不過呢，他們是否覺得自己真的能撐到最後，就不知道了。」

這話倒是出乎繆里的意料。

「又說不定是想爭取時間，在逃跑前多吸收點捐款吧。」

不會輕易攻陷，與絕對不會攻陷之間有巨大差距。

歐柏克有一群人因信仰之火凝聚在一起，艾修塔特則因為有許多人遷來這裡而變得冷清，戰力差距應該縮短了點。

可是艾修塔特不僅是擁有大教堂的大教堂城，還是選帝侯所統治的帝國城市。掌控範圍大過這片泥濘的土地，甚至觸及土地肥沃的領主。艾修塔特能動員的戰力，肯定非同小可。

在門口擅自建城，連大市集舉辦權也搶，他們不會默不吭聲。

因此他們十分有可能呼叫其他選帝侯派出援軍，就算要打籠城戰，歐柏克也是萬分之一的勝算也沒有。

這麼說來，會不會真的是伊弗說的那樣，想爭取時間，盡可能吸收捐款和供品再逃跑呢？

「關於這點，我有話要說。」

默默聽到現在的迦南開口了。

大概是聖職人員的習慣，迦南特地站起來，清咳一聲說：

「我裝成朝聖者，向聖職人員打聽了一下，發現歐柏克要的還不只是大市集的舉辦權。」

伊弗眉頭稍皺，迦南繼續說：

「聽說他們曾經討過城牆鑰匙。」

鑰匙？我在不解的繆里身旁失聲驚嘆。

「難道他們想要自治權？」

有句話叫小蝦米吃大鯨魚，比喻自不量力。

現在就是這種情況。要對方交出城牆鑰匙，表示滿是棚屋的歐柏克想要取代艾修塔特。

為此啞口無言時，忽然有人扯動我的袖子。

是繆里，樣子不太高興。

「那個……城牆的鑰匙，是城市自治權的象徵，也就是說……」

「如果他們是認真想討城牆鑰匙，就等於是打算用他們蓋在泥巴地上的那堆破屋，取代這巨大的艾修塔特。」

繆里大概是被這荒誕無稽的事刺激到了，深深吸了口氣，使身體像尾巴一樣膨脹起來，而我則是愈想愈迷糊。

首先，騙徒的行動若真如繆里所說，是艾修塔特自導自演，那劇本未免太離譜了點。連酒館詩人的戲曲都比較現實。

還是說弄得這麼誇張，比較適合散布黎明樞機的危險性嗎？

令人更煩的是，如果不是自導自演，事情就更怪了。

第一個問題，霍貝倫是否真有這麼狂妄。而且我實在不認為，那群騙徒是真的想靠那滿是棚屋的歐柏克奪得選帝侯地位。

就算是愛作夢的繆里，多半也會一笑置之。

光憑手上的材料，怎麼看都覺得奇怪。

還有其他不為人知的材料嗎？

如此重新俯瞰狀況時，我想起一件事。

抵達艾修塔特那天，迦南很快就打聽到了一些消息。

「迦南先生您曾說……大教堂不敢冒然對歐柏克採取行動是吧？」

在人家家門口建城，還搶走大市集，甚至索討城牆鑰匙。

以一個形同帝國頂梁柱，手握大權的統治者來說，應該要儘快平息這場鬧劇，維護顏面與權威。

當時迦南還有點興奮地說，沒這麼做是因為艾修塔特忌憚黎明樞機的威光。

但若事情並非如此呢？

「艾修塔特會不會並不忌憚黎明樞機，而是在懷疑在歐柏克——不，在那些騙徒背後，有個不好惹的人在下指導棋呢？」

只憑霍貝倫領主與騙徒勾結，很難解釋這個怪異的狀況。如果演員不只是他們，事情就不一樣了。

聽了我這麼說之後，迦南有點難為情地說：

「是的。那時候，我有點太武斷了……根據我後來在城裡打聽來的消息，事情就跟您說的一樣。想當然耳，城裡的人可不是笑話裡那種稻草人般的聖職人員。」

謹慎睜大眼睛，用心思考真相的人，並非只有我們。

「他們都已經猜想到，歐柏克的黎明樞機恐怕是冒牌貨了。」

這麼一來，艾修塔特並不是忌憚霍貝倫這貴族，或者黎明樞機。

他們提防的是——

「而且認為，是有人故意設下這明擺的陷阱。」

繆里聽得眼睛發亮，耳朵尾巴都快跑出來了。

「我知道喔！這是故意製造衝突引對方動手，然後就有名義拗對方打仗了吧？」

「在爭奪選帝侯地位政治戲裡，還滿有可能的。」

伊弗也如此附和，愛聽戰爭故事的兩個人一個鼻孔出氣。

這樣的確是能解釋騙徒的異常老練，以及武器的存在。

在這種情況下，因黎明樞機而來的信眾不過是拿來當棄了的祭品，使我口中一陣苦澀。

若真是如此，就真的需要不擇手段了……

這麼想時，始終在迦南身旁抱著胸的稀世書商慢條斯理地開口：

「寇爾閣下，他們是用古帝國時期的遺跡當基地是吧？」

「呃……對，沒錯。」

突來的問題使我一愣。對於冒牌貨所說的「元始教堂」，我仍有印象。

「我想那不只是用來煽動信仰，還有增添權威的作用。他們在一個搖搖欲墜的遺跡講道，稱那裡是『元始教堂』。意思是建立於古帝國時期，教會腐敗之前的教堂。」

「嗯，照這麼說來，他們也沒有編得太離譜吧。」

這是對迦南問的。

「我想是的。根據史實，這一帶的確是古帝國對抗異教徒的前線基地。而教會一定會在騎士群聚的地方興建教堂，事情可能真的是那樣。不過……」

這又是代表什麼呢？

魯．羅瓦在眾人注視下說道：

「這樣的話，事情會不會是更單純，更虛妄呢？畢竟那可是古帝國時期的遺跡啊。」

說到「虛妄」這麼一個古式用詞時，魯．羅瓦對繆里使了個賊笑。魯．羅瓦等於是她讀書的師父，這表情讓她頗為不解。

「繆里閣下妳想想，那可是古代遺跡喔。有沒有想到什麼？」

「呼咦……？」

繆里腦袋一歪，然後被雷打中似的睜大眼睛。

「啊！」

書商搖肩而笑，環視我們說：

「各位，話別說得太早，古帝國留下的可不只是遺跡啊。」

原本就愛作夢的繆里現在幻想癖這麼嚴重，這位魯．羅瓦肯定推了一把。受過可惡大人薰陶的野丫頭，幾乎要掀翻椅子地猛然起身說：

「還有古代寶藏！」

「正是正是！那群騙徒會不會是想偷偷挖出寶藏，才召集民眾掩人耳目呢？」

「怎——」

想說「怎麼可能」卻沒能說完，是因為我又覺得真有可能。

會上當相信冒牌黎明樞機的人，都是一輩子沒離開過出生地的人。需要和外地作買賣的商人，會與各地教會聯絡的聖職人員，都擁有足以懷疑其真偽的見識。

所以大教堂這邊才會反過來猜想，這麼明顯的陷阱會不會是敵對勢力所設，不敢輕舉妄動。這樣的推測，是可以成立的。

而且騙徒那邊應該知道，要是艾修塔特認真打過來，一切就完了，也曉得要求城牆鑰匙有多麼莫名其妙。

如果這一連串的事，是故意嚇唬他們。

如果艾修塔特的人，也真的中計了。

露緹亞曾說，南方帝國和教宗不時會因為領土的事起些小衝突，那帝國的當權者對敵人動態應該很敏感才對。

專攻人心縫隙的騙徒，會不會就是看準了這點呢。

被對方看出是冒牌貨，本來就在算計之內，保衛歐柏克的心更是一點也沒有。只要讓周圍吵鬧到挖洞也不會有人起疑，爭取時間挖出寶藏就行了。
那麼歐柏克不就是從頭到尾都用謊言包裝起來，隨著晨曦消失不見的妖精村了嗎。
遭到利用的霍貝倫與虔誠信眾，不就成了混在謊言裡會更加可口的那一絲真實了嗎。
當我震愕於這計畫的規模與大膽，捏一把冷汗時——
「這樣想是很有意思啦。」
伊弗唏噓的言詞將我喚回神來。
「可是你們真的信啊？」
對於伊弗的冷眼，魯·羅瓦只是愉快地隱笑。
看得繆里是目瞪口呆。
「為了一個有沒有都不知道的寶藏，去假冒最容易吸引世間目光的黎明樞機，也未免太愚蠢了。又不是沒有其他方法。」
魯·羅瓦哈哈大笑起來，覺得被背叛的繆里怨恨地瞪他，我也有點同樣的感受。
「呵呵呵，還請見諒。就算寶藏是無稽之談，他們還是很有可能基於某種理由而挑選那塊地的，那個遺跡實在是耐人尋味啊。聽寇爾閣下形容，那群騙徒是輕車熟路，周到得不像臨時起意。所以我認為今後要特別記住，他們選擇在那裡建設歐柏克，是有原因的。不過這說不定是因為比起政治劇，我更喜歡冒險故事啦。」

魯・羅瓦的想法，對喜歡權謀話題的伊弗似乎有點刺耳，聳個肩就沒反應了。只有兩邊都愛的繆里，為事情模稜兩可鬧脾氣。

面對此情此景，我喃喃地說：

「寶藏？」

魯・羅瓦的無稽之談，與伊弗的冰冷指摘。

特地選擇那裡建設歐柏克，與假冒黎明樞機的原因。

關鍵都是寶藏兩個字。

「寇爾先生？」

在迦南呼喚後，我說：

「那個古代遺跡，是可能真的有寶藏吧？」

四人眼睛頓時瞪大眼睛看過來。換作別人來說，或許都不會這麼驚訝。

「是啊。對，寶藏的確是有。」

繆里則是一臉不安地看著我。

說不定是以為我中了妖精的幻術。

「因為，只要自己埋起來就行了。」

繆里立刻繃起半邊臉說：

「拜託喔，大哥哥，你突然發什麼神經？這樣做誰有好處啊？」

我沒退縮，反而對她微笑，使她愕然退後。

「當然有好處。恐怕這就是黎明樞機的作用。」

「咦？」

魯．羅瓦啪一聲打響額頭。

他身旁的伊弗也難得懊惱地低頭。

兩位商人似乎都想到了。

「對喔，還有這一招。」

「咦？什麼意思？」

迦南仍顯困惑，繆里為不懂話題脈絡而氣惱地瞪著我。因為距離祕密寶藏和賺錢最遠的，就屬我這個死正經的哥哥了。

或許真是這樣沒錯，但在信仰的世界裡，我懂得比繆里多多了。

包括陰暗的一面也是。

「他們會不會是想挖出聖遺物呢？」

「聖遺物……？」

繆里狐疑地重複這個詞，赫然看向腰間的劍柄。

聖遺物指的是體現了神蹟的聖物。

例如天使降臨時所乘台座的碎片，聖人配戴過的物品等五花八門。最大的共通點，是它們都價值連城。

畢竟靈驗的遺物可以吸引大批信眾前來朝聖，大幅提升教會的靈性權威。因此就算可疑也能賣出極高的價錢。

繆里還曾經因為聽說傳說之劍的材料包含聖人遺骨，竟然覬覦起我的臂骨來了。

因為我這兄長是舉世聞名的黎明樞機。

骨頭肯定是不折不扣的聖遺物！

「黎明樞機挖出自己埋的東西，當成奇蹟大削一筆嗎。未免太過分了。」

伊弗字面上不以為然，表情卻很感興趣。

「當然這只是一種可能，且無法解釋那些武器的用處，可是除此之外的，應該解釋得來。」

會是挖出聖遺物之後，用來護送的嗎？

「無論如何，黎明樞機的冒牌貨在那裡大張旗鼓的可能原因很多，還無法確定。」

伊弗傾斜指間的玻璃杯，若有所思地說：

「要讓冒牌貨消失的話並不難，但考慮到他們的目的和背後主使，事情就沒那麼簡單了。」

我對此點點頭，說道：

「關於選帝侯地位的陰謀這方面，就不是我能應付的了。至於遺跡的可能用途，是我們自己能夠調查的吧？」

視線對的是迦南。

「啊，是、是的。大教堂裡有個巨大的書庫，應該會有古帝國的歷史或記錄。」

遺跡究竟有什麼用呢。

起初以為只是助威，但查到現在，它說不定是這群騙徒的計畫主幹。

就算魯．羅瓦所說的寶藏不是我猜想的偽造聖遺物，遺跡仍可能是他們想要的。

「本來只想說出來炒熱氣氛，結果這方向還挺有機會的嘛。」

魯．羅瓦笑了起來，繆里急得要咬人似的往他看。

「欸，結果到底有沒有寶藏啦？沒有嗎！」

魯．羅瓦笑得更開心，繆里更氣了。伊弗不勝唏噓，把糖碗擺到繆里面前哄她。

在伊弗租的倉庫開會的隔天。

我們一早就來到了大教堂。

「哇～好大喔！」

剛從深山裡的紐希拉出來那陣子，繆里看什麼都稀奇。

隨著日子久了，這樣的事逐漸減少。不過選帝侯大主教所掌管的大教堂實在雄偉，仍足以刺激繆里的好奇心。

只論大教堂本身，溫菲爾王國也能與其相比。但這裡的附屬建築非常多，簡直是城中之城。

「前幾天我有到書庫看一下，同樣是十分壯觀。還有以前在這座聖城集結北伐的騎士團徽記一覽表喔。」

這消息也夠讓繆里眼睛噴光了。

大教堂往往是民眾絡繹不絕的地方，只是現在大概是早禮拜結束，人潮剛剛散去，難得如此清靜。

迦南扮成遊歷廣闊的見習神學博士，帶領我們進去。

才踏進中殿一步，高得驚人的穹頂就看得繆里半張著嘴。

而穹頂雖高，壁畫上天使的表情卻依然清清楚楚。巨大事物自有的震撼力，使沒見過世面的野丫頭有那麼點畏縮。

「感覺到神的偉大了嗎？」

繆里吞吞口水，逞強縮起脖子。

迦南對她笑了笑，從中殿往左走，到大教堂的附屬建築去。日常處理各種經營事務的機關都在這裡。

迦南說大教堂今天人很少，可是這條又長又寬的走廊並不是那麼回事。不只有許多聖職人員，還有看似替領主辦事的文官團隊，或衣著華貴的商人，各式各樣。

或許是這等規模的大教堂，通常都更多人吧。

畢竟這艾修塔特的大主教有權任命主教，而主教在各地又通常是屈指可數的仕紳級人物。光是這般在廣大教會組織高級人事主管的身分，就會每天吸引眾多聖職人員拜會了吧。

而且大教堂城又是由大主教執掌市政，選帝侯的地位也能讓眾俗家領主聽他的號令來管理一大部分帝國領土了。

這座大教堂，可謂是聚集了這世上的頂端權力於一身。

因此總是出入繁雜，一個見習神學博士，帶遊學途中認識的富商子嗣與其家教探訪各地歷史，想進大教堂書庫一閱，自然不是什麼怪事。

「請在這簽名……好，捐款在這裡。知道看書要注意什麼嗎？啊，三位都在雅肯念過書啊，很好。這塊牌請交給管理員。下一位。」

非常事務性的對話。

話說排在我們前面的，是對穿著相當富裕的夫妻。他們因遺產問題與親戚起了衝突，所以想查年表來確認家系。

歷史悠久的大教堂，也往往扮演著當地記憶的基石。

儘管常有人批評用石頭蓋教堂勞民傷財，但有許多貴重書籍真的是得以因此度過歷史上種種水災火災，才能保存至今。

走在如此厚重的石造建築裡，能見到許多為每日繁務忙得團團轉的人。不僅是艾修塔特這座大城，週邊領土的安寧也是由這群人所維繫的。

歐柏克擔不起這樣的角色，不收任何稅就想維持城市運作也是痴人說夢。

「元始教堂」的講道本身就是錯誤，與出於騙徒之口無關。

那種想法太偏激，也是不可能實現的空談。

人們卻不覺得有問題，反而為之瘋狂。

要是為證明這一點而放任不管，世人會誤解那就是黎明樞機的想法。

期待人們自己會懂，未免太過天真。

必須讓更多人認識黎明樞機才行。

正因為我沒能及早做出這樣的覺悟，才會給騙徒搞鬼的機會。

所以我有義務揭發這場陰謀。

我深深吸氣，慢慢吐出。

以不輸繆里的大步伐，走過通往書庫的走廊。

「古帝國時期的歷史記錄？」

迦南將櫃台給的牌子交給管理員，並說出我們想找什麼樣的書之後，管理員不耐地這樣反問並嘆了口氣。

「你們可別聽信歐柏克那些鬼話喔。就算真有什麼『元始教堂』，也一定是這裡。」

看來想查訪「元始教堂」真偽的人不只我們而已。

管理員受夠了似的這麼說之後，帶我們到架位去。

「好大」也不夠形容的書庫還有其他使用者，專注地翻動書頁。架上的書每本都用鍊條固定住，管理員用粗大的鑰匙解開三本，擺在閱書台上，再將書與閱書台鍊住。書架上到處有形似石像鬼的浮雕，監視想偷書的人。

「上帝保佑。」

管理員不想再管了似的留下這句話就走了。

「……好像有很多人來借這本書耶。」

書庫裡的書，幾乎都乾到翻動起來很有聲音，這三本卻顯得很柔軟。

「排我們前面的貴族也是這樣，哪一邊才正當，只能問過去了。」

城鎮隨時間遷移的事並不少見，河口城鎮的地形就會因泥沙淤積而大幅改變，那座殘破的建築曾是教堂的事，也不是不可能。

「不曉得有沒有基地的記錄。」

另一方面，比起本地歷史，繆里對埋在泥土地下的古帝國遺跡更感興趣。我想起繆里畫的無門之城，淡然祈禱那不是城牆。

然而她剛雀躍地翻起書，馬上又倒到椅子上了。

這是怎麼啦？往書裡一看，發現是教會文字。

「唔……大哥哥……」

即使她現在能隨心所欲地運用俗文，教會文字又完全是另一回事了。

「字的部分我和迦南先生來看，妳用插圖找可能有關的部分吧。」

歷史記錄大多並沒有那麼好心按年份編列，就只是把各個時候的記事編纂成冊而已。為了補厚度，看內容是教會文字就塞進去，與歷史一點關係也沒有的部分也時而有之。

繆里聳聳肩，唸唸有詞地坐到書前，我們也開始動手。

某些人講道時，常用「在教堂作買賣的不信者啊」開頭。

可是到了艾修塔特大教堂這麼大的地方，在白天反而會有很多人到處兜售食物給參拜者或到那工作的人。

大教堂是由許多建築串連起來，因此到處都有不小的中庭。

繆里替我們找了個陽光充足的地方吃中餐。

「沒有什麼突破耶。」

迦南的低語道盡了一切。

「只知道這地方原本有個從古代延續下來的交易聚落，古帝國在那建造前線基地。不久興建教堂，成為討伐異教徒的一大信仰中心而已。」

將胡亂集成的古代故事整理起來，大概就是這麼回事。

「然後就記錄上有的部分，霍貝倫家族在這裡已經很久了，這倒是讓我有點訝異。」

「所以那個人算是大人物嘍？」

疑似霍貝倫現任當家的仁兄，獨自醉倒在基地裡。

我摘下繆里臉上的麵包屑，對迦南說：

「在古帝國騎士到來之前，霍貝倫家一直是當地無名聚落的首領吧。後來因為改善濕地，讓許多人得以安居的功績，獲賜爵位這樣。」

「到最後因為種不出麥子，又經常遭水患侵襲，便以大市集應該在神的名下舉辦為由，將權

力轉讓給大教堂了。」

所謂歷史都是贏家寫的，說不定是大教堂的力量隨著異教徒往北退而日益增大，給霍貝倫家下了個無理難題，逼迫其削減實力，才會變成今天這樣。

可是伊弗說過，辦大市集並沒有看起來那麼好賺。有鑑於擅長經商的領主其實少之又少，自然會想到霍貝倫家可能是不堪虧損而主動讓權。

「那基地和土裡那些石頭是怎樣？聚落的遺跡？裡面有寶藏嗎？」

繆里一開始因看不懂教會文字而賭氣，但插圖其實不少，便卯起了勁來找關於歐柏克地下遺跡的插圖。

然而插圖裡風景畫並不多，頂多只能在騎士團長凱旋圖的背景發現建築物。

「先撇開寶藏，把那當作為抵禦周圍敵人而建造的陣地遺跡應該沒問題吧？」

從遺跡的規模來看，怎麼想都是軍事用途。

問題是我們沒找到關於大型會戰的記錄，書裡的古記事幾乎是艾修塔特大教堂的來歷。

整理如下：

這個如今有座大教堂的艾修塔特，原本是海裡的一個小島。在河域出現大範圍氾濫時，有很多人會乘船逃來這裡，自然而然便築起教堂供信仰所需，且吸引了大批信眾。

日後海岸線後退，小島與陸地相連，在架設之下逐漸有聚落的風貌，一路發展至今。

而且這座島有塊穩固的岩層，建築用的石材大多是直接從腳下鑿出。從繆里找到的古插圖可以看出，原本更偏向丘陵地形。

「可是我總覺得好像在別的地方聽過霍貝倫家族……」

原以為能找到解答，結果還是沒有。

難道會是當流浪學生時，在前往大學城雅肯的路上不知不覺行經艾修塔特近郊，無意間聽見的嗎。

「我就沒聽過了。」

照迦南這麼說來，印象不是來自武勳。

或許真是小時候路上聽見的。

「對了，再來怎麼辦？」

三個人一起查書，歷史記錄很快就翻完了。

只是沒找到有用的線索，希望渺茫。應該再去一次嗎？

找城裡包打聽探消息的魯．羅瓦，他會有有用的書嗎？

選擇那塊土地，會不會剛好只是適合扮演黎明樞機而已呢。

想到這裡，繆里嚥下滿嘴麵包對我說：

「喂喂喂，既然不知道要去那，可以去我想去的地方嗎？」

「想去的地方？」

「我聽沿街叫賣的小販說，大教堂有一個東西，想了解當地歷史的話一定要去看耶！」

見我和迦南面面相覷，繆里笑容滿面地說：

「就是地下墓穴喔！」

我瞬時想到開心叼著骨頭的狼，但實際上有點不太一樣。

到處都是泥地的這個地方，從前居然是個有厚實岩層的小島。

隨著海岸線後退，小島逐漸與陸地相連，城鎮開始往水患多的土地擴張。於是鑿出岩石，建設堅固的建築。

這大型地下墓穴，便是以當時的採石場建成。

這裡是古帝國時期的前線基地，後來又成為南方帝國重鎮，不怕沒骸骨可放。

據說那位小販聲稱，艾修塔特的地下墓穴是可以盡覽其財富與光榮歷史，堪稱隱藏版的名勝古跡。

熱愛冒險的繆里，一聽到地下墓穴這個詞就興奮的不得了。不過我們很快就發現，小販為當地做的推銷可是一點也不誇張。

「……」

地下墓穴的入口，在大教堂相關建築中的區域裡顯得格外古老。

那氣氛讓連繆里也不禁三緘其口。

地獄入口般的陰暗坑道不停往地下延伸，以巨大的鐵柵作區隔。負責管理的聖職人員吊在腰間的鑰匙，有小棍棒那麼大。

捐了一筆不小的錢，穿過柵門後是一段石階。與其他天天打掃的地方截然不同，上面布滿了抹不去的歲月淤痕。冷風從黑漆漆的地下吹上來，帶著些許黴味。

陰沉的管理員手提燭火前進，照出牆上一整片向神求救的字句。光是字跡就令人不寒而慄，連頑皮的繆里都五官緊繃，抓得我手都痛了。

「這些字，是水災時躲進大教堂的人們，對著直逼而來的洪水寫下的。」

陰沉管理員如是說。當時大潮遇上大雨，水都淹進了大教堂。偉大聖徒的長眠之處絕對不會淹水，所以擠滿了人吧。

對於水患，深山長大的繆里只認識山洪與落石，大概還不曉得水從腳下淹上來的感覺有多麼可怕。

愈是深入，鋪石台階就愈少，變成直接從岩石上鑿出來的。牆壁也不再有灰泥塗層，完全是山洞的感覺，有蝙蝠飛出來也不奇怪。

所幸這裡並非天然山洞，沒那種事。

石階走到底，牆上有塊放燭台的大凹洞，管理員點燃幾根留在那裡的蠟燭。

「哇……」

繆里不禁讚嘆。

倍增的燭光所照亮的，是細細長長的通道。通道兩側是鑿成床形的納骨台，一層層從腳邊排到天花板。

「躺在這裡的都是為建設艾修塔特費盡心力的歷代偉人，請不要打擾祂們的安眠。」

陰沉的管理員對繆里鄭重這麼說之後繼續前進。

安置於此的骸骨有的在身上抱了把劍，有些抱的像是聖經。有的嵌上了刻有死者姓名與生卒年的銘牌，有的只記錄其生前曾捐贈大筆善款而得以長眠於此。

絕大多數已經成了眼窩空洞，像是在笑的骷髏。偶有幾個仍有臉皮，能看出生前容顏。

迦南停在刻有聖職人員之名的遺骸前，繆里則是被一眾騎士的遺骸留住。

長眠於此的每個人都是當代名士，擔任了重要的角色吧。但如今一律平等地躺在這裡，露出一身表示今生任務已了的枯骨。

我想起聖經裡的「塵歸塵，土歸土」。

就拿旁邊這個沉睡在大量豪華陪葬品之中，身上捧個鏽王冠的人來說吧。銘牌上刻的是不曾聽聞的國家，以及他國王的身分。大概是歷史洪流中稍浮即沉的泡影小國。

管理員在通道深處停下腳步。

地下墓穴非常深，他背後的路還長得很，停下來似乎是因為再過去是極重要人物的墓穴。

因為再過去不是狹窄的走道，是個小廣場，周圍牆上的納骨台也特別大。

「後面是歷任大主教。」

有的橫躺，有的直立。每個都身穿隆重僧服，飾品在燭光下反映著詭譎光芒。

所有飾品都鏽得很厲害，反使祂們略顯黯淡。

不是金，不是銀。那些青黴般的隆起，表示飾品皆為銅製。

不用黃金，會是象徵謙遜嗎。

但最後還是克制不了虛榮，使我以稍帶責難的眼神注視祂們時，繆里扯動我的袖子。

她的手，指向一群大主教僧服中唯一的世俗服裝。

「第一代霍貝倫？」

銘牌上的名字，已經被塵埃與綠鏽覆蓋得難以辨識。

第一代指的是當初改善土地，獲賜爵位的那個人吧。祂的卒年遠在大教堂建成之前，表示祂是後來才遷葬過來的。大概是大教堂完工時，需要名分來接管霍貝倫家的大片土地。

抱劍的第一代霍貝倫枕邊和衣物上散落不少銅幣，都是參訪者留下的心意吧。

真想在祂耳邊說，祢的領地發生了騙徒肆虐，子孫受罪的事。

一旦祂醒過來，就能直接問問那究竟是什麼遺跡了。

就在這麼想而抬頭時，我發現祂的納骨台上的牆，有幅風格古老的圖畫。

「這是……？」

我提高手上燭火，那有些詭異的褪色圖畫便浮現出來。

畫中像是某種儀式。

一群人圍繞在中央像井的東西旁邊，像在膜拜。

井上有個像是神的人物，手捧光輝四射的太陽。井下另外有個人面朝正前方，右手拿劍，左手拿狀似鎚子的器具。

劍與鎚的組合，我們在騙徒的基地也見過。

就是霍貝倫的家徽。

「這個像井的，也有在基地看到耶。」

繆里悄聲說。

爛醉沒落貴族手裡小紙片上的圖案，就是這形狀沒錯。也就是說，它對霍貝倫家有重大意義，甚至畫在第一代當家的墓地上。

井上是手捧太陽的神。

霍貝倫則手持劍與鎚。

不是盾，是鎚。

他的爵位並不是因為打下戰功而來，是因為改善水土有功，說不定還比較接近有專業技術的工匠。

從爛醉霍貝倫手上的紙片與眼前這幅畫來看，初代霍貝倫也許是個鑿井師。

可是鑿井的功勞有可能大到獲賜爵位嗎？

這裡還是水滿為患的地方呢。

人民的煩惱是來自水太多，不是水少——

這麼想之後，我倒抽一口氣。

並趕緊捂住差點就要叫出聲的嘴。

而那似乎還是洩出了一些聲音，管理員投來指責的目光，迦南也伸長脖子往我看。

繆里以為傻哥哥被蜘蛛或蜈蚣嚇到，以燭光查看腳邊。

但不是那樣。

是因為我知道那是什麼井了。

也立刻明白怎麼會對霍貝倫這姓氏有印象，以及家徽中鎚子的意義。

如此一來，第一代霍貝倫這副遺容也透露出許多訊息。

尤其是他身上與枕邊的東西。

湊上去凝目細看，便彷彿能見到當時情景。

且如同洪水會沖來許多東西，沉眠於此廣場的大主教身上那些飾品也有了解釋。他們以銅為飾，絕不是出於謙遜。

照著腳邊的繆里以為傻哥哥眼花窮緊張，一臉不耐地看著我。

「我知道在哪聽過霍貝倫了。」

繆里為我這句低語歪起了頭。

「那幫過我們紐希拉的溫泉旅館很多喔。就是抽水機的名字。」

「抽水機？」

「所以歐柏克那個遺跡並不是教會，其實是——」

第一代霍貝倫永眠於此。

散落銅幣的納骨台上，畫的是從前的歐柏克。

那群騙徒也混進了畫裡。

他們盯上的的確是那片土地。

埋藏在土地、泥濘底下的寶藏。

還能夠克制這份激動，是因為這個假設仍有一大問題。

就是現在目瞪口呆的迦南，昨天說的那句話。

這座城的人並不是稻草人。

如同到書庫查閱史書的人不是只有我們，在這座納骨台發現線索的人或許並不少。

「這麼說來……」

騙徒為何要在那建立歐柏克。

為何要利用黎明樞機的名聲。

為何艾修塔特不討伐歐柏克。

以及伊弗為何親自來到這裡。

「大哥哥？欸，大哥哥！」

我突然有很糟的預感，不禁拔腿就跑。

燭火熄了也不管，一路往地面跑。

有件很重要的事，被我漏掉了。

我彷彿從起點一口氣奔過這片泥濘地的歷史，從地下墓穴跑到了大教堂。

無視於地下傳來的呼喊，但繆里應該能夠輕易追上我。

因為真的有件刻不容緩的事情要做。

為何會對霍貝倫這姓氏有印象呢，因為我也用過。

在溫泉鄉紐希拉蓋溫泉旅館時，我幫過很多的忙，也包括指揮工匠和建造設備。其中最麻煩的，是排出到處流滲出來的溫泉，以免妨礙作業。

使用的工具就是用來排除礦坑積水或灌溉田地的抽水機，它就叫霍貝倫，以發明者為名。

「抽水機……啊……這麼說來，我的確在礦坑器材裡見過。原來就是這裡領主的名字啊。」

我趕來找伊弗談這件事。

霍貝倫家能成為這地方的有力人士，是因為他們發明的抽水機拯救了排水不良的土地，或是將別人的發明當自己的東西來管理。

現在廣泛運用的抽水機，是在金屬棒周圍接上螺旋狀金屬板，插入金屬圓筒中。只要轉動金屬棒，一起轉動的螺旋板就會把水帶出來。

它的厲害之處在於整個裝置呈筒狀，可以輕易設置在裝不了水車的狹窄處，或是需要跨越點高低差來排水的位置。

再加上一些齒輪機構，就能用腳來旋轉金屬板，讓力氣小的孩子也能達成原為重勞動的排水工作。像我這麼瘦弱的人也行。

紐希拉的溫泉旅館，沒這個根本就蓋不來。賢狼赫蘿的膂力再大，能否用那樣可以輕易擊碎岩石的力量排乾積水，又是另一回事了。

「然後是我們在歐柏克見到的東西。」

衝出地下墓穴後，我拋下繆里和迦南，直奔艾修塔特的大商行弄一張週邊地圖，跪在路邊標記繆里發現的地下遺跡和歐柏克的位置時，他們跟上了。

埋在那裡的細長石墩，並不是地道或城牆的遺跡。

第一代霍貝倫的右手為何拿著象徵貴族的劍，左手卻不是保衛家族的盾，而是鎚子的答案，在地圖上顯現出來。

抽水機大多是銅造，以便加工與處理鏽蝕。

而銅器發達的地方，一定有產銅。

「歐柏克的遺跡，其實是大型的排水設備。因為泥炭地種不了作物，所以那不是用來灌溉農田。騙徒稱作『元始教堂』的地方——」

我指著地圖一處說：

「八成是煉銅所的遺跡，我想那一帶說不定曾有過露天銅礦場。」

地下墓穴的陪葬品幾乎是銅製，就連死了也忍不住要隆重打扮的大主教，用的也不是黃金白銀，而是銅。

迦南和繆里，特別是繆里，覺得這樣的解釋還不夠。希望地下埋有寶藏的繆里，還用嚴厲目

光懷疑我。

可是我已經十分肯定了。

首先是霍貝倫家徽上的劍與鎚，以及因抽水機揚名立萬。

然後是第一代霍貝倫納骨台的情景，與大市集的事。

這裡土地貧瘠，水患又多，艾修塔特卻能照常舉辦大市集，是因為有大教堂在。就算有其他合適的地點，只要是教會舉辦的，人們就能不辭艱苦千里而來。

這樣的事，在幾百年前應該就是如此。

早在古帝國騎士來到這片土地之前，這裡已經有了聚落，成為交易中心。這是為什麼呢？交易所不是應該要在更為內陸的地方，或是日後築起大教堂的這座小島上嗎？怎麼會是為水患所苦，滿地泥濘的聚落呢。在那裡建設聚落，究竟有什麼好處呢。

在海岸線更深入內陸，水比現在更高的時代，有某件事使得古帝國騎士著眼於歐柏克，決定在這裡紮根。

騙徒會不會就是看出了那是什麼才占據這裡的呢。

「不管怎麼想，都只有銅礦了。」

聽了我信誓旦旦的說明，伊弗盯著地圖摸著下巴說：

「我已經很久沒聽說過裸露的礦脈了……在很久以前，放火燒山，銀就會像河一樣流下來的山倒是很多。」
「雖然現在因為泥土掩埋而看不見了，但我想霍貝倫家族當初就是這座礦場的主人，銅礦加工也在他們的掌控之下。周圍的人也是為銅而來，最後才發展出交易中心的。再說光有技術，不太能成為貴族吧？能讓他們在家徽畫上劍與鎚的功績，應該很有限才對。因此我想那功績……就是這個。」

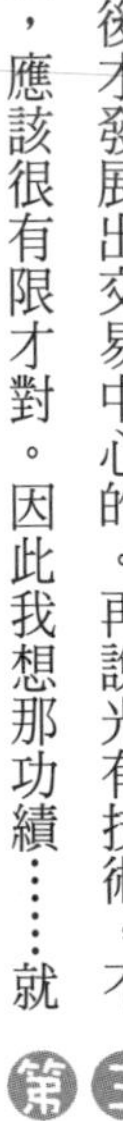

我將自己錢包裡的東西拿給伊弗看。
「鑄幣嗎。」
一定要有足夠的理由，才能吸引人民特地來到這貧瘠之地建立聚落。
這裡還是對抗異教徒的前線基地，需要調度能夠支撐戰線的糧食等物資。
既然周圍種不出作物，只能向他處購買。
購物需要付錢，但只要產銅就不是問題。
因為他們已經具備能夠鑄幣的優秀技師了。
「而且銅礦這東西，不能像寶箱那樣偷偷摸摸挖出來。」
「你是說招人到歐柏克去，就能掩飾他們挖礦用的人手？」
「如果當時的遺跡冠上『元始教堂』之名，就能讓人那麼狂熱，應該會有很多人願意幫忙挖出第二、第三座遺跡才對。」

我在跟商行買來地圖上，畫出遺跡的略圖。

然後砸在桌上般急匆匆地向伊弗說明。

騙徒選擇那種地方的答案就在這裡。

伊弗看著地圖的眼慢慢轉向了我。

「就當作他們是這樣想吧。想挖礦的話，免不了要先試挖，查一下就會知道了。我也認為這樣想很合理，不過──」

她靠上椅背，十指交叉置於腹部。

緩慢且平靜地往我看來，說道：

「有需要這麼趕嗎？」

還帶著淺笑。

這怪異的氣氛，讓迦南和繆里渾身緊繃。

而我果斷地說：

「當然有，因為──」

接著吸氣，吐氣。

「伊弗小姐妳來到這裡，是為了監視我吧？免得我在事情結束以前瞎攪和。如果有必要，甚至會把我關起來。」

繆里和迦南為之一愣，交互看著我和伊弗。

伊弗本人則瞇起雙眼，抬起下巴。

「你要指責我反叛嗎？」

繆里聽得都快哭了，可是我氣也不氣，反而有些無力地噗哧一笑。

「我才不會那麼做。」

還拉了張椅子坐下。

「因為妳，還有海蘭陛下，都只是在做自己的工作而已。」

繆里擔心地看著我，是因為聽不懂我們在說什麼吧。

伊弗在打什麼主意？

為何要來監視真正的黎明樞機？

「選帝侯大主教，應該都已經知道了。」

畢竟連我都查出來了。

伊弗微笑著歪起頭，要我繼續說。

「不攻打歐柏克真正的原因，不是不懂騙徒怎麼想。就連可能有幕後主使，也只是一小部分而已。」

我的確是在對抗教會，但不是憎恨教會。

地下墓穴入口處的字跡，使我腦袋裡最後的拼圖緊密嵌上。

「不輕易出手，是因為歐柏克那群人吧。」

迦南和繆里都緊張地注視我和伊弗。

這時伊弗投降了似的聳聳肩。

「沒錯。所謂傻孩子最可愛嘛。」

那大概是伊弗式的玩笑，但別忘了這裡是由聖職人員統治的大教堂城。

會關心歐柏克那群人結果如何的，不只是我們而已。

我忽然想起艾修塔特大廣場所準備的大量空攤子。為大市集籌劃了那麼多，結果一個人也不來，失落的不會只有繆里。

「那些騙徒吹吹笛子，就把民眾帶到那種地方去了，還天天在那裡講道，責罵大教堂。根本就是——」

「叛亂。」

伊弗對我的呢喃徐徐頷首。

「如果是真心叛亂，艾修塔特的人處理起來還能比較果斷。」

她有點無力地垂眼看看手，再往我看。

「黎明樞機。」

「？」

「不曉得誰取的，取得真好。」

伊弗酸溜溜地笑，又靠上椅背。

「像教會這樣巨大的組織，一般人根本就惹不起，想都不敢想。心裡有再多不滿，也只能接受現實，就像天氣一樣。可是——」

走遍世界，庫裡黃金如山高的稀世商人聳肩說：

「城牆另一邊，竟然出現了光明。打從出生就不曾結束的漫漫長夜，說不定就要破曉了。於是人們全都湧到東門去，還要周圍的人一起對他們不再期盼的黎明祝念、祈禱，生怕它又掉進黑暗裡。」

伊弗瞇起眼，輕柔地笑。

「你也覺得他們離開大城，聚集到歐柏克那樣的地方很傻吧？可是或許能有改變的期許，有種難以抗拒的吸引力。人在一生中，能遇上這種場面的機會是少之又少。在看膩了的鄰居之間，過著一成不變的每一天，把父母與他們的父母都重複過的人生再走一遍，早已是理所當然了。」

伊弗飄渺起來的眼神，似乎還有那麼一點點從前貴族千金的餘味。

「在這種狀況下，一件好比冒險故事的歷史性大事發生了，人們注意到自己說不定會成為其中的角色，當然拋下一切飛奔而去。」

伊弗的視線指向調皮的繆里。

她這番話，使我對歐柏克的見聞有了更深的認識。

那裡的狂熱，不純粹是出於信仰。

說不定有機會能親手撼動原本從生前到死後都將屹立不搖的大教堂了。這樣的興奮，才是那狂熱的真面目。

「大教堂那邊一開始也覺得那只是在騙錢，沒多理會。結果人愈聚愈多，變成信徒集團以後，他們才急忙向王國打聽那個黎明樞機會不會是本人，調查他是不是敵對勢力派來拉大主教下台的。然後事情愈滾愈大，一轉眼就大到不能把騙徒抓起來處死就算了的規模。要是想抓人，勢必得面對歐柏克那群人的抵抗。到時候大教堂攻擊的對象，無非是自己的子民。」

何況他們還知道那群對大教堂殺氣騰騰的人們，是上了騙徒的當。

「既然艾修塔特不敢冒然行事，就證明選帝侯等大教堂的人……並沒有那麼惡毒吧？」

伊弗對我的問題點了頭。

「我也很意外，但他們畢竟是聖職人員嘛。城大成這樣，治理起來不能光靠理想，才會被民眾當成罪惡的窠臼。基本上還是好人，好得讓人想笑呢。」

聽起來，她和這座城的某個高階聖職人員有聯繫的樣子。會問黎明樞機是真是假，表示艾修塔特一開始就不是和黎明樞機與溫菲爾王國敵對吧。

我想，王國在回信表明那是冒牌貨之後，以為事情早就擺平。結果我的信讓他們發現不僅沒結束，還鬧得更大，才趕緊聯絡會出入勞茲本的遠地貿易商，得知消息已經在大陸各地擴散開來，嚇得派伊弗過來。

並從這座城了解到詳細經過，以及大教堂的苦處。

「大教堂事到如今動作還那麼慢，是因為在尋找如何在不傷害受騙民眾的情況下，讓事情和平結束的方法，可是這種方法並不存在。畢竟民眾勢必會強烈反抗，而且歐柏克那些人還不斷在辱罵大教堂。就算能順利解散歐柏克，只要接回來的民眾不知悔改，將會嚴重損傷統治者的威信。所以只是個形式也好，同樣有必要讓他們悔過……但這不太可能。」

原本在這時候，是應該誇讚這群身兼俗世城主的聖職人員仍有惻隱之心。

不過問題在於這關係到黎明樞機的名譽。

「王國不希望關於黎明樞機的壞事繼續擴散。要是歐柏克真的發展到有了城鎮的樣子，其他地方會怎麼想？說不定會認為黎明樞機的匡正教會不過是個藉口，在大陸各地遊說的真正目的其實是想煽動百姓，建立王國的領地。」

所以王國開始對艾修塔特施壓。

要求他們儘快討伐冒牌黎明樞機。

無論這場平亂之戰會打得多悽慘。

「我們因為你那封信急忙蒐集了很多情報，可是這種故事只有一種結局。不管再怎麼花言巧語，艾修塔特都是帝國的一部分，選帝侯大主教也是拿劍治理至今的為政者。聖職人員所能做的，限度就擺在那裡。所以派軍前往歐柏克，哪怕夷平抵抗勢力也要拿下冒牌黎明樞機，是他們該做的事，沒有其他路好走。」

說完這麼長一段話，伊弗清咳一聲，又唏噓地說：

「差別，只有發生得早或晚而已。」

她看我的眼神是百般不耐，悶得不得了。

「所以一看到你在信上說要到這裡來，我們立刻就做好了最壞的打算。我知道你們調查個幾天就能查出真相，因為再怎麼說，你們的能力都很優秀，而且也真的幾天就查出來了。」

伊弗厭惡的表情，說不定是來自自己陰謀被揭穿的回憶。

「然後你當然會想救救歐柏克那些可憐的羔羊。」

我一句話也說不出來，伊弗也不像有責備我的意思。

就像在說太陽西沉以後，過段時間又會從東方升起一樣。

「然後不管三七二十一，直闖大教堂。惡夢就此開始。」

問題會像加了發粉的麵團一樣脹大吧。

從艾修塔特來看，真正的黎明樞機是站在叛亂勢力那邊。

很有可能疑心生暗鬼，猜想歐柏克的冒牌貨也是我們的同夥，用來擾亂內政。

這說不定會導致占有南方帝國大塊版圖的艾修塔特，正式對黎明樞機打起戰旗，其他的帝國城市也難保不會群起響應。

當然事情不盡然會是如此，但與其往這裡賭，不如採用更為確實穩妥的方法。

「不能讓幾個眼睛稍微尖一點的騙徒打亂我們的計畫，連冒這個險都是愚蠢的行為。所以為了不再讓黎明樞機的謠言擴散下去，我過來向艾修塔特轉達王國的意向，同時勒住你們的韁繩。」

免得事態繼續惡化。

哪怕得扮黑臉，將那些無辜的可憐蟲逼入死地。

「寇爾。」

伊弗難得以如此不苟言笑的口吻叫我。

那雙嚴肅的眼，正訴說著為何不一開始就對我坦白的理由。

「做人要有取捨。」

居然會從貪心的商人口中聽到這種話。

這我當然曉得。

雖然現在必須儘快制裁騙徒，可是他們被一群昏了頭的狂熱分子保護著，說他是冒牌貨也不

會有人聽。

結果就是爆發悲哀的衝突，有許多人在毫無意義的戰鬥中喪命，但是能解決問題。

接下來，黎明樞機會為了大公會議繼續拜會各地有力人士，而艾修塔特多半是第一優先。畢竟他們在騙徒剛出現時，就跟王國照會過真偽了。

所以現在不如眼光放遠，行聰明之事。

即使將信仰擺在一邊。

「受不了，要是不跟海蘭討個特權過來，扮這種角色未免太吃虧。」

伊弗孩子氣地這麼說，並進一步叮嚀。

「我知道這違反你的正義，也懂你不能完全接受。儘管恨我沒關係。」

這都是為了成就更崇高的利益。

要讓現於東門的微弱曙光成為太陽，照亮黑暗。

繆里在我身旁扭來扭去，像是在猶豫該不該扯我的袖子。

她比我聰明得多，了解伊弗的意思，再過去的迦南也是如此。再說迦南是從教宗跟前來到王國，為真正的正義背叛東家，比外觀堅強多了。

這兩人都不說話，是出於對我的了解吧。

直至前一陣子，我都是個只想貫徹心中正義的天真蠢羊。

可是不知不覺地，這頭羊體型大了起來，路上的伴也變多了。

如同父母總有一天要接受孩子已經長大，我也有些非接受不可的事。

「不過……」

見我開口，伊弗嘴角一繃，眼神也變得凶惡。繆里用力抓我的袖子，怕我亂說話。

而我在明白這一切的狀況下說道：

「請給我一點時間。」

並將手拄在桌上傾身貼近，低頭對著她。

伊弗的眼沒有絲毫閃爍。

就只是冷冷地直視著我。

「我實在想不到你能怎麼幫。」

如何去拯救被冒牌貨欺騙的人們。

也能說成如何讓他們恢復理智。

「事情可不是跟他們說你們被騙了就算了，他們可是聽信了冒牌貨的話，天天都在唾罵大教堂。如果他們不拿出相對的誠意來悔改，統治者立場的大教堂這邊也不會隨便接他們回城。他們觀望到現在，就是因為想不出好方法。」

眼前有兩道障礙。

而且恐怕都高得嚇人。

「當然，如果你只是想安慰自己已經盡力了，我不會阻止你。為大公會議招兵買馬的路上，還會有很多亂七八糟的條件要你吞下去。你是真的要——」

伊弗的臉也往傾身的我湊過來。

從小伊弗就對我很好，但始終保持距離。

那大概就是大人與小孩的距離。

可是現在，那距離不見了。

「不用擔心，我不會半路拋下黎明樞機的角色。」

就算阻止不了悲劇，也不會灰心喪志。

伊弗仍然直盯著我。

我知道繆里和迦南都很緊張，但我總覺得繆里緊張的是另一件事，害我差點笑出來。

這時伊弗先放鬆了眼角，吐出屏住的氣，退後靠到椅背上。

「就當是慶祝你長大的賀禮，我等你三天。」

伊弗若有所思地看著手邊，隨即看回來。

「可是第三天夜裡，我就會去跟聖堂參事會的窗口說，有麻煩的羊過來了。他們可不傻，料得到事情將會變得更複雜。帝國才剛和教宗吵過架，要是又跟黎明樞機敵對，真的會被孤立在世界潮流之外。一想到這一點，他們就會立刻脫下僧袍，換上領主的服裝，像指揮禮拜一樣組織討伐隊。」

我這才從伊弗上方退開，坐了下來。

繆里從旁投來的扎人目光，像在說不要讓她擔心，不要亂跑。

「謝謝妳。」

說得難聽點，說不定這反而讓伊弗解了點悶。

伊弗想徹底扮黑臉，是因為她骨子裡是個好人。

「要吃飯嗎？」

我苦笑著鄭重婉拒她的邀約。

回旅舍的路上，繆里一語不發。迦南也不說話，是因為氣氛讓他無法不管繆里說自己的吧。

一進房間，繆里就猛捶我胸口，還抓得我都痛了。

這聰明的少女，很清楚我是用怎樣的決心來說自己不會拋下黎明樞機的角色，而這樣也只得到短短三天的時間。擱下她這麼一個騎士作這麼重要的決定，搞不好惹她生氣了。

不久繆里退開，跑到走廊上叫住正要回房的迦南。

「迦南小弟快過來幫忙！趕快來想辦法！」

迦南的臉立刻亮了起來，回聲：「沒問題！」就大步進來了。

兩人的年紀明明都比我小很多，卻有種更像大人的感覺。在為他們的善解人意難為情之餘，我說道：

「請兩位借我一點智慧。我想救救這些被惡人欺騙的人。」

接著將書桌移到房間中央，擺張紙上去。

這群人誤信騙徒，受狂熱鼓動，過了不該過的河。

我非得將他們平安拉回這邊不可。

當然，這座城的聖職人員也做過這樣的努力，但就是想不到好方法，才會往儘快收拾就好的方向走。

伊弗說，做人要有取捨。

為了匡正教會這遠大的目標，難免得割捨一、兩件事。但是習慣以後，我一定會失去對神的信仰。不，我會先無法相信自己。

所以我必須盡可能抵抗才行。儘管明知這樣很傻，相信誠正必勝，戰鬥到最後一刻仍是我唯一能夠自保的方法。

「要揭發冒牌貨並不難，抓他嘛，應該也差不多。」

我對繆里使個眼色。

她認真起來，一個晚上就能把那些騙徒變成香腸餡了。

「但那對那些狂熱民眾會是反效果吧。」

「有句話說聖人死了才是聖人嘛。」

迦南熟知教會歷史，當然知曉許多異端動亂的始末。

異端動亂不會因為領導者死亡而結束。

他們反而會將死者神格化，產生更強的凝聚力，討伐戰自此才真正開始。

「歐柏克的人，也很難承認自己做錯事了吧。這點也限制了艾修塔特能給予的寬恕。」

身為領主，實在不能沒有任何責罰就接納這群辱罵領主權力的人民。胡作非為也不會受罰的前例一開，恐怕很快有會有類似事件，底下貴族也會開始挑戰大教堂的權威。

有鑑於此，王國那邊才派伊弗過來。既然艾修塔特期望站在黎明樞機這邊，政局就必須安定才行。

問題其實很單純，有多種答案。

可是我們要的，是難到極點。

「需要讓歐柏克的人恢復理智，並且對艾修塔特誠心悔過。」

腦袋裡某個冷靜的部分，直說這簡直不可能。

可是這時，繆里和迦南竟不約而同地從懷中掏出羽毛筆。

像騎士拔劍一樣。

「我一定要讓伊弗姊姊嚇到眼睛掉出來。」

這麼野蠻的話，不知是上哪學的。

迦南嗤嗤地笑，繆里哼一聲看過來。

我不是孤軍奮戰。

而羽毛筆，也有打贏劍的時候。

第四幕

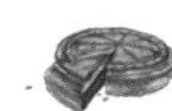

這件事，已經有很多人傷過了腦筋。

所以我們姑且先把構想列出來。

從僱人到歐柏克，放流言說黎明樞機恐怕是冒牌貨這麼迂迴的方式，到招攬一批聖職人員過去作神學辯論等，想得到的都想過了。

有做過這種事的人應該一聽就知道了，能輕易想到的了不起五個，想到第十個就滿身疲憊，二十個時頭都開始痛了。

到了紙上列出第三十條，已經是「在馬上貼布告說他是假貨再衝進去」這種不知道怎麼會想出來的東西。

第一天就這樣一眨眼過去，第二天，魯．羅瓦從伊弗那聽說了這件事而來露個臉，或者該說是看情況。

畢竟動不動就會一頭熱的三個人整天擠在一間房裡。

「不要太勉強喔。」

魯．羅瓦替我們開窗，高照的陽光刺得眼睛好痛。

伊弗給我們的三天時間，多半不是能夠拖延大教堂組成討伐隊的時間，而是覺得這三個笨蛋頂多只能全力燃燒這麼久。

吃不飽睡不好，腦汁已經榨到極限，山窮水盡時，會比較容易接受痛苦的決定。

「伊弗小姐正在和艾修塔特的聯絡人調查冒牌貨背景的樣子。她商業知識豐富，知道哪些商行是那位有力人士的掩護，很快就能查出後盾是誰了吧。」

礦不是知道那裡有礦脈就能立刻開採。

歐柏克那些棚屋也需要資材才蓋得出來。

只要是有人在背後出錢出主意，勢必會留下痕跡。

「同時，城裡的貴族也覺得就要開打了而做起了準備，我就用稀有的書換點消息過來了。」

魯．羅瓦一邊說，一邊在房裡勤快地打轉，為冒出黑眼圈，在床上角落死盯著紙看的繆里，以及在房間角落抱腿抱頭苦思，大概在教廷書庫也經常這樣的迦南送麵包和飲料。

「艾修塔特想直接打籠城戰的樣子，只要歐柏克受不了了，就會主動投降。」

只要冒牌貨灌輸的狂熱淡去，人民願意悔過，無論是從教會立場還是統治者立場，都可以張開雙手接納他們。

「伊弗小姐有過同樣想法，但這樣事情會拖久，給真正要抓的騙徒潛逃的機會。那裡感覺會有很多方便人逃跑的遺跡吧？」

從前挖銅礦時，建造了大型的排水溝。

「而且日子一久，恐怕會引來更多人的注意。」

伊弗決心來到這裡扮黑臉，為的就是這一點。

即使是大陸這邊，也會有思想與黎明樞機共鳴的領主。

要是他們和皮耶羅一樣血氣方剛，聽說神的忠僕有難而派兵到歐柏克救援，事情到底會變成怎樣呢。

「三天時間，是伊弗小姐忍耐的極限。」

隨時都可能有人跑來歐柏克多管閒事。

伊弗是個善於見機行事的商人，做了決定卻無法執行，相信是件很痛苦的事。

更別說配合蠢蛋耍任性原地踏步，可能眼睜睜看著事情在最後一步失敗了。

「看來伊弗小姐是真的很喜歡寇爾閣下您呢。」

魯・羅瓦說得很愉快，我卻聽得很無奈。魯・羅瓦待人是十分和善，但本業總歸是買賣危險書籍的商人，對危險的敏感度比常人高多了。

來我們房間看狀況，說不定是因為沒有伊弗那麼信任我們，怕我們自暴自棄，到歐柏克亂搞一通。

「如果有打聽到新消息，我會再來通知各位。」

替我們打理一輪內務後，魯・羅瓦留下這句話就走了。

房裡只剩異樣清爽的晨間空氣，與滿身的疲倦。

「露緹亞小姐的心情大概就是這種感覺吧。」

我將咬了兩口的麵包放在桌子上，望著窗外的藍天說。

「眼看著問題即將解決，自己卻無能為力。」

黎明樞機這名字，成長得太大了。

大人物做些瑣碎的小事，反而不方便。

無論願意與否。

相對地，眾人期待大人物往正確方向邁進，成為追隨者的標的。我想，像過去旅途上那樣絞盡腦汁克服危險的事，今後大概很難再有了。

我並不是特別愛冒險，也覺得冒險的事最好能避則避。

這時，我明白了一件事。

繆里在雅肯慌到做傻事，說不定就是旅途即將結束的想法，給了她這樣的感傷。

「書上記錄了人世的一切……卻記錄不了現實的一切。」

迦南低聲這麼說。

「未來寇爾先生還會遭遇重重險阻吧，可是我——」

他拔起生了根似的屁股，有點靦腆地說：

「即使力量微薄，我也一定會留在您身邊支持您的。」

我也微笑著捧起他的手道謝。

繆里似乎正瞪著我們啃麵包，而迦南放開了手，有些疲倦地垂下肩膀說：

「結果到頭來，我只是一隻書蟲，不善於動腦想主意。我去大教堂書庫，看能不能從異端審訊的書查到些什麼好了。歷史之中，不時會有些意想不到的特赦方式。」

迦南強行扭伸僵硬的身體，搖搖晃晃地走出房間。坐在走廊椅子上的護衛看到他便露出不敢恭維的臉，然後簡單對我們致意，關上了門。

門一關，房裡立刻安靜下來，窗口傳來些許冷清街道的聲響。

繆里依然盯著手上的紙，動也不動。

「繆里？」

動作少得以為她睡著了時，只見她身體慢慢傾斜，翻倒在床上。

「這種故事一點都不好玩。」

並對著天花板發牢騷。

「大哥哥就是要解決一切問題，教訓所有壞人嘛。」

我不禁莞爾一笑。如果這句話，能跟平時的嚴格批評加起來除以二就好了。

然後嘆口氣，坐到繆里身旁。

「還有兩天嘛。」

繆里肩膀跳起來，是沒想到我會這麼說吧。

多半是以為我會跟她說世事難盡如人意這種大道理。

我對向我窺視的繆里回以微笑，說：

「我也漸漸懂得怎麼作一個哥哥了。」

或者說，當一個大人。

不是選擇理想或現實，而是堅強一點，兩者皆收。

繆里不知是哪裡不滿意，綳起嘴翻身過來，抓住我的腰。

尾巴冒出來，不高興地啪啪拍床。

等到不拍了，繆里才開口：

「露緹亞早就知道尖牙利爪沒什麼用處了吧。」

由於迦南也在，紙上沒有這一條，不過繆里當然有這個選項，也實際考慮過單獨潛入歐柏克，咬咬冒牌貨的屁股，再大顯身手一番，讓襲來的人清醒。

可是就算身手能讓傳說中的勇者都看傻眼，問題也八成不會解決。

這種事，繆里自己也明白。

「不是沒用處，是要用對地方。」

她大概是覺得我在敷衍，不滿地嗚咽。

這讓我想起紐希拉的事。

「蓋溫泉旅館那陣子，羅倫斯先生也像這樣安慰過赫蘿小姐喔。」

「你說娘？」

「赫蘿小姐的爪子在找泉脈上幫了大忙，可是在仔細的工作上就完全幫不上忙了。就連我在用抽水機的時候，她都會怨恨地瞪著我。」

繆里嘆口氣，又把臉擠到我腰上。尾巴拍床的聲音和窗外的喧噪，更凸顯房間的安靜。

我將手擺在繆里頭上，沒力氣了似的只用嘴角笑。

覺得自己力量幫不了世界的人，絕不只我一個。

手指沒入銀髮之間抓了抓，想與她分享心情。

繆里的尾巴愈動愈慢，最後軟趴趴地躺在床上，無力地膨脹縮小。

是睡著了吧。

我抓來床邊堆成一團的被子，蓋在繆里身上。

看著她疲倦至極的睡臉，想到還要為這種事陪我兩天，就覺得很抱歉。

不。這麼懂事的想法，反而會讓她失望吧。

要是這野丫頭哪天突然變得端莊秀氣，我也會感到失落。

我一陣苦笑，離開床邊。
整理散亂的紙張，一一審視我們絞盡腦汁的構想。
每條都讓我們想破了頭，但寫下來以後才覺得可笑，任誰都想得出來。
翻著翻著，摸繆里的頭時澎湃的心情逐漸冷卻。
兩天後，大教堂就要下令整軍，討伐歐柏克。
相信黎明樞機的人們，會在那片泥地喪命。
就沒有好方法了嗎。
能讓事情不戰而終，並使他們接受自己受騙，乞求艾修塔特原諒的方法。
或是某種，能讓我在成為黎明樞機之前——不，長大成人之前，相信世間仍有圓滿結局的最後寄託。
可是愈往下翻，現實就愈明顯。
原本戒律森嚴的教會逐漸鬆散墮落，一定也是這個緣故。
然而這樣的世上仍有高潔之人存在，就連艾修塔特也為淺慮的可悲人民苦思到最後一刻的樣子。
對天花板吐口大氣後，我告訴自己這樣不對，本來想得到的方法也會想不到了，視線又回到紙上。

大概是一直寫到快天亮吧，擠不出點子的煩躁加上愛睏，使得繆里愈寫愈潦草，想法愈來愈荒唐。

從放火這種與直接開打沒兩樣的恐怖想法，到召集艾修塔特所有野狗，把歐柏克搞得一團亂，只差一步就要變童話故事的都有。

苦笑著翻下去，又看到很誇張的。

「水攻……」

這土地飽受水患之擾，繆里也在大教堂地下墓穴入口的留書窺見了其恐怖。所以認為實際從水災體會神的怒氣以後，人們就會明白自己誤信了冒牌貨嗎。

可是這種事恐怕需要祈雨……這麼想時，我發現繆里的留言還有後續。

而且寫得格外具體，使我忍不住眨了眨眼睛。

「……這是地形狀況？」

圖畫得像是那個沒有城門的夢想之城，但文字告訴我那是歐柏克週邊。她把歐柏克圈起來，寫了「低」，週邊寫「高」。

北方不遠還畫了條橫線。

這圖給了我一個預感。

抬頭看看昏睡的繆里後，我找了樣東西過來。

就是攤給伊弗看的地圖。

寫下大型古帝國排水道的艾修塔特週邊地圖。

我將它與繆里畫的圖擺在一起比較。

「河流。」

歐柏克北方，有河流過。

而繆里的地圖是這樣寫的。

高。

「……」

繆里才剛說過尖牙利爪的事。

那種力量在現代已經沒用處了。

繆里昏昏欲睡，連迦南在都忘了，想到什麼就寫什麼的紙上，寫了這句話。

——我的爪子，可以在河邊挖個洞。

為了引起水災。

我不禁捂住了嘴。

歐柏克曾是銅礦場，可能是因為屢遭水侵而被迫放棄。後來經過長久歲月，完全埋在了泥土底下。

土地並不是完全平坦，還留有些許往日風貌的事，我在遠眺歐柏克時也有注意到。繆里是用她狼的感覺，瞬時看清了大片土地的地勢。河邊的地形，也大概是在尋找騙徒基地的途中順道看了一遍。

然後繆里的留言還有後續。

——弄壞家裡後山蓄水池的時候，大哥哥氣到莫名其妙。大哥哥大笨蛋！

繆里做過數不完的惡作劇，聽她提起我才想起來。

最後是這樣寫的。

——所以把河水氾濫推給挖遺跡的人就行了。

與其他的荒唐計畫相比，只有這個具體得特別可惡。

這也是當然的，因為那等於是繆里這野ㄚ頭實際經歷的放大版。

但我之所以吃驚，不是因為想起當時快昏倒的感覺。

「說不定大教堂那邊沒想過這個……」

畢竟破開河堤對長年與水患抗戰的人來說，是完全免談吧。

況且還有如何破堤的現實問題在。與其說破開，比較像是在扁平的河岸上挖個大溝。

可是繆里就做得到了吧。即使沒賢狼那麼大，也是隻威武的大狼了。

愈是這樣想，就愈覺得這個荒唐的惡作劇，的確適合把歐柏克的人沖醒。

而且人不是常這樣說嗎。

少打瞌睡，去洗洗臉。

河在北邊也正好。

破壞這裡的河堤，水會流向南方的歐柏克，再流入西邊的海。

人們會向西逃離水災，那方向正是——

「艾修塔特。」

剎那間，紐希拉的記憶鮮明地復甦。

繆里只為好奇就和其他小孩一起破壞蓄水池，卻被捲進洶湧水流之中，最後濕淋淋地帶著一身傷，如水鬼般出現在溫泉旅館門口。

我們嚇得臉都白了，繆里卻終於放心了似的哇哇大哭起來。

對。我想起來那當時我根本就不氣。

甚至想起見到她平安無事而抱緊她時那滿身的池藻味。

這麼說來——

「這麼說來……」

艾修塔特會不會也一樣？

而且那裡是人人都知道水災有多可怕的泥濘土地。

儘管不道德，我還是想像了那情景。

人群被大水追趕，奔逃求救。

聖職人員們慈悲地收容了他們。

「聖經詩篇第四節……前往希望之地的……故事。」

還有細節要處理。這方法是人為引發水災，恐怕會造成比交戰更壞的結果。

但我想這的確值得檢討。

因為大人想不出這麼誇張亂來的計畫。

「繆里！」

我呼喊著跑到床邊。

抓肩膀搖晃口齒不清的她，硬拉起來。

並對那張臭臉說：

「可以玩妳最愛的泥巴了！」

我把紙塞給繆里，她的眼慢慢地睜大。

我們上了馬，前往歐柏克。

正確說來，是歐柏克的郊區。馬在繆里的驅策下全速疾奔，嚇得我直喊慢點也不聽，只好緊抱她細細的腰。

大概是尋找騙徒基地時，已經把周圍地形全記在腦子裡了，繆里在沒路的地方確實前進。

最後來到的是艾修塔特北側河流邊的路上。

這條來自東方內陸的河，在歐柏克周圍繞了個彎。

在馬匹的急喘聲中，繆里站到鞍上，瞇眼眺望遠處。

明明是山裡長大的小孩，在這時候卻活像是打從出生就在草原上騎馬。

「果然跟我想的一樣！」

繆里坐回來說：

「這邊的土地全都淹得掉喔！」

她把這代表毀滅的話說得好輕鬆。

「我在想，說不定他們是把礦場挖出來的石頭都搬到這裡來擋水了。」

繆里看著腳邊說：

「歷史記錄上的插圖，有幾張裡的河流長得跟現在很不一樣，我一直覺得很奇怪。不過他們在容易淹水的地方挖洞，需要改變河的流向，所以是當然的吧。」

東西向的河流邊，有道沿著河稍微隆起的土堆。

從那往歐柏克看，就會知道繆里的構想可不是笑話。

「我的爪子挖得開喔。」

村裡小孩也經常玩這種遊戲。

用土堆攔住小溪，或是用落葉和枯木一口氣放出攔住的水。

「如果冒牌貨他們要挖礦，就把洪水推到他們身上。」

繆里不知何時藏起了耳朵尾巴，表情也認真起來。

從前，那就是個經常有此災害的礦場。

「水一來，歐柏克的人就會拋下一切先跑再說了。因為水災……是這裡人的共同創傷嘛。」

大教堂地下墓穴入口，還有災民的留書。

在海面高的時代，水淹到那裡的事發生過好幾次。

每次人們都會坐上船，或直接游泳，逃到以石頭鞏固起來的艾修塔特。當時人們心裡，應該對這個地方充滿了感激。

這裡沒有會纏住雙腿，吞噬萬物的泥濘，建立在穩固的石頭上。這樣的安心，比任何講道都更能令人感到神的眷顧吧。

我知道這很悲哀。

祈禱沒有幫助。

一旦歐柏克發生水災，騙徒就要露出馬腳了。
因為無論誰怎麼祈禱，都擋不住淹來的水。
歐柏克的人必然會把黎明樞機擺一邊，先逃難要緊。
也就沒必要派兵了。
面對自然的威脅，他們只有逃跑一途。
「然後就是聖經的……詩篇？第四節是吧？」
繆里看著我說。
對信仰不屑一顧的繆里，好像是從迦南那聽說這件事的。對她而言，聖經上的種種福音，也只有好不好玩的分別。
而詩篇第四節就是屬於好玩。
因為那是述說災厄降臨，人民離開家園，邁向應許之地的冒險故事。
「大哥哥你不可以給人家帶頭喔？」
要是讓他們知道真正的黎明樞機就在這裡，只會轉移狂熱的對象。不僅解決不了問題，勸他們與艾修塔特和解，搞不好還會認為我才是騙徒。
「如果妳馬騎得沒那麼晃，我或許就能想出更好的方法啦。」
我借機抱怨繆里和馬溝通，以超高速趕路的事。

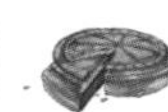

不過站在這個荒涼的地方，我很快就想到應該由誰來領導民眾。

「我知道誰適合領導那些逃難的災民。」

「誰啊？」

「就是領主霍貝倫本人。」

繆里稍微張著嘴，眼睛往左上方跑。

「會不會……靠不太住啊？」

「再怎麼說，他都是當地人信得過的領主。由他來帶頭，大家應該會比較安心。況且逃進艾修塔特時，他會在人民和大教堂中間調停才對。」

這樣的角色，不是別人擔得起。

儘管我也擔心做不到，甚至不願意合作，但也只能依靠他了。

可以確定的是，霍貝倫幫助那些騙徒並不是心甘情願。

他是遭到利用，被他們輕視的人。一旦有機會將騙徒繩之以法，讓受到操弄的民眾平安返回家園，我想他一定會樂意接受。

因為這個角色實在太有面子了，不是繆里也會喜歡的。

「那基本上，真的，行得通？」

雖然方法是繆里自己想出來的，可是她當時已經是睡眼朦朧。

說不定站到了舞台上，才感覺到這計畫有多荒唐。

繆里擔心的是，水災會不會僅止於嚇跑人的程度。會不會變成大教堂地下墓穴入口那樣荼毒人民的大災難。

從前她還是個惡作劇不考慮後果，捱罵就哇哇大哭的孩子。

繆里也真的長大很多了。

「行得通。」

我明確地回答。

兄長這麼有信心的樣子，反而讓繆里更擔心了。

「可、可是弄破堤防很簡單，擋水就很難了耶？要是水流得比想像中還多，恐怕沒辦法臨時喊停喔？」

而且從河邊望去，看得出歐柏克的地勢其實相當低。

破堤以後，飽含淤泥的水就會滾滾而來。

「而且，對，歐柏克會陷入混亂吧？可是霍貝倫那個醉鬼只能靠自己喔？就算事先威脅那群冒牌貨去救災，頂多也只有十幾二十個，真的能讓那裡的人平安逃到艾修塔特嗎？」

繆里說到這裡深呼吸，又補充道：

「再說，每個故事的壞人到最後都很賴皮。要是淹水了，變得一團亂，說不定會跑去拿原先

囤積的武器來反抗喔。」

我身為兄長，總是希望繆里能更像個女孩子，多讀點烹飪或種藥草的書。但我也不得不承認，她到處亂看的冒險知識的確在這時派上了用場。

「為那裡的人想的話，就不能帶艾修塔特的衛兵過去了吧？如果找伊弗姊姊的同伴過去，就忙得過來嗎？」

瘦弱少根筋的哥哥，當然不算在人手之內，迦南和魯．羅瓦恐怕也不行。

對心目中的巨大構圖而言，角色嚴重不足。

只憑寥寥幾人是打不起仗的。

不過我並不慌張。

反倒對繆里沒察覺怎麼解決有些意外。

「就是妳讓馬跑得那麼粗魯，刺激到我的腦袋，我才會連這邊也想好了。」

聽我又拿馬的事出來戳人，繆里嘟著嘴打我的腰、抓我的衣服，可是動作裡充滿了期待。

我對繆里微微笑，也伸出手。

抓住的是她脖子上的小麥囊。

「妳叫什麼名字？」

繆里低頭看看胸口，再抬眼看我。

「……咦？」

繆里。

那是從很久很久以前繼承下來的名字。

她的紅眼睛睜得像滿月一樣開。

「啊！」

這就是使這荒唐構想有血有肉的方法。

我本身確實弱小，但朋友可就不是了。

黎明樞機的力量，就是這麼回事。

「那個、那個，呃，所、所以說大哥哥，你——」

繆里是急著想在腦袋裡重新構築整個計畫吧。接下來的期待與興奮，與靈魂面對困難的震顫，使得嘴裡的話跟不上來。

她是個總是全力奔跑的女生。

我這個慢吞吞的哥哥，該扮演的是扶持她的角色。

「對，應該是都能解決才對。」

我托住繆里的背，讓她轉向歐柏克。

「一起創造好結果吧。」

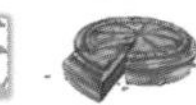

繆里發出不成聲的叫聲，抱住我再跳開。

然後飛身上馬，像個老練騎士那樣使馬匹高舉前腳。

「大哥哥，上來！」

「不要騎太快喔。」

雖然她還會拉我上馬，但我們家的小騎士才不會聽那種話。

向伊弗借來的馬全力起跑，嚇得我抓住繆里。

大概是我也開始興奮了吧，沒有來時那麼怕。

伊弗聽繆里信心十足地說完計畫後，壓抑頭痛似的扶額片刻。

怨恨地瞪著我，是因為繆里報告計畫，表示經過了她哥的同意。

不過計畫就是計畫，在伊弗點頭以前，我們不能隨便亂來。

畢竟這件事必須和艾修塔特大教堂接洽。

破堤製造水災這種事，對長年代替霍貝倫治理土地的艾修塔特來說無非是場惡夢。實際上，也得為收容難民做好準備。

想在人家門口搞破壞，該打點的都得打點好才行。

聽我這麼說，伊弗表情顯得頗為懊惱，和被我搶了風頭的繆里一個樣。

接下來，我將這計畫最重要的關鍵要素告訴她。

「接洽繆里傭兵團的事，也拜託伊弗小姐您了。」

這個野丫頭所繼承的名字，原本是屬於一頭古狼，和賢狼赫蘿同樣在精靈時代叱咤風雲的「繆里」。

後來是由於一名武夫以繆里之名成立傭兵團，才得以流傳至今。

到了現代，曾與其結伴的赫蘿再將這名字交給女兒。

繆里傭兵團歷史悠久，創下許多傳說，如今仍是北方的知名組織。

有人手可以掌控這場粗重的計畫。

我所知的最強戰力，就只有這群自古便繼承繆里之名的這群人了。聽說出現冒牌貨時，我已經寄了封信過去以防萬一，從雅肯寄的另一封信就是給他們的。

但如同在城裡拔劍會引發恐慌，傭兵這樣的武力集團本身就是問題。如果伊弗不先跟大教堂溝通好，八成會節外生枝。

而且動用他們需要一大筆錢，幸好眼前有位大商人。

「真是的，太會使喚人了吧。」

伊弗聳聳肩，說得好像有點高興。

得到伊弗同意後，我立刻去信雅肯。

因為在研擬細節的過程中，發現還缺了點人手。

便拜託露緹亞送皮耶雷過來。

在各種事物因應計畫流動起來，請夏瓏的鳥同伴送信的三天後。

我隨旅舍老闆的呼喚下到一樓，見到活像是不眠不休趕路的皮耶雷怒沖沖地站在樓梯口。

「亞修雷吉的皮耶雷，應呼前來！」

只差沒大喊黎明樞機了。

繆里被吵得捂住耳朵，我則是牽起這位可靠夥伴的手帶往房間。

「皮耶雷先生，您能來真是太好了。」

「哪裡的話！都怪在下信仰不足，沒能看清您的聖心，還怕沒臉見您呢！更何況冒牌貨還建立了什麼『元始教堂』，簡直不知羞恥！那麼，在下該如何幫助您呢？」

聽說露緹亞收到信以後，為了說服依然關在教堂裡的皮耶雷，甚至動用了我留給學生的聖經俗文譯本草稿。

大陸這邊只有節抄本流傳，沒有人有完整譯本。

而皮耶雷光是見到一部分草稿，就相信譯本是貨真價實了。

無論出自任何人之口，正義之事就是正義之事——皮耶雷替我實現了這麼一個淺薄的夢想。

「如果我表明身分來指責騙徒，問題反而會更嚴重，所以我想請這裡的領主代我做這件事。然而他感覺被神拋棄而意志消沉，失去了對抗邪惡的氣概。」

大致說明霍貝倫的狀況後，皮耶雷明快頷首。

「那有什麼問題。在下最擅長把神的護祐塞進緊閉的耳朵裡！」

被皮耶雷吵得捂起耳朵的繆里訝異地放開手，為他野蠻的用詞笑得很開心。

皮耶雷抵達的兩天後，艾修塔特瀰漫著奇妙的躁動。佩劍騎馬的人變多了。

在伊弗的勸說下，大教堂經過協議，接受了所有提案。說不定是想讓王國，甚至黎明樞機欠一個人情。

總之計畫火速進行，我們再次聚於伊弗的倉庫。

「大概知道騙徒背後的勢力是誰了。」

「誰啊？」

伊弗對繆里歪唇一笑。

「魯維克同盟。」

繆里聽不太懂，而我腦裡則浮現出在藍天下被水噴得晃來晃去的巨大船舶。

「……想來個一石二鳥，用這場計畫敗壞黎明樞機的名聲，並大賺一筆是吧。」

「聽海蘭說你們擺了他們一道之後，我都笑出來了呢。」

繆里拉我的袖子，我便向她解釋。魯維克同盟就是遇上鯨魚化身歐塔姆那次，與教會一夥的商業同盟，曾有世界最強之稱，還有過為爭奪利權而打敗大國的傳說。

「他們跟教會的利益勾結深的很，可是最近被你害得很慘的樣子。」

「我、我嗎？」

原以為是在北方群島挫敗他們以後開始的，可是伊弗笑嘻嘻地說：

「因為你提倡清貧，教會變得不敢明目張膽大把花錢，奢侈品愈高級愈難賣，等於是拆了他們的脊梁骨。」

繆里大概是想起他們在北方群島的跋扈，一臉笑他們活該的樣子。

「後來不曉得是騙徒看中這點向他們獻計，還是他們自己發現的，他們藉機編出了這套計畫來。事情跟你說的一樣，這樣既可以賺錢，又能汙衊可惡的黎明樞機。但無論如何，那都是外人的計畫。」

伊弗嘆口氣說：

「要讓霍貝倫聽話，應該沒那麼難吧。」

接著手按上企畫書，敲著指頭說：

「要讓霍貝倫倒戈到我們這邊，找回領主的自覺。告發他們是冒名黎明樞機的騙徒，汙辱了原始的教會，警告將有天譴來到。歐柏克的人當然不會相信，還八成晦氣得罵他叛徒。但預言很快就成真，大水沖了過來。然後要從泥水中救出嚇壞了的民眾，帶往應許之地……而這個人非霍貝倫莫屬。」

伊弗的嘆息大到吹起了記錄了整套流程的紙張角落。大概是不管看了幾遍，也仍舊不敢領教這荒唐的計畫吧。

做事其實很實際的伊弗抬眼瞪來。

「然後計畫哪裡有洞，傭兵團就立刻去補。」

我大大點頭。

伊弗最愛滴水不漏的陰謀，而這次完全不同。

她煩躁地站起來，帶我們到倉庫外。

最後臭著臉停在倉庫前，注視下船來的人。

「一想到要用正常金額去付，我就不敢去想要花多少錢了。」

傭兵是城間戰爭的常用戰力，費用規模自然也是那種感覺。

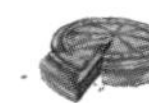

即使這次只要支付交通費與食宿費，但僅僅如此就是一大筆錢，負責買單的伊弗臉都綠了。為了大公會議，這也是沒辦法的事，打信仰之戰也一樣要花錢。

「魯華叔叔！」

這當中，繆里找到了傭兵團長魯華的身影，全速跑過去。

繆里似乎是把他當成全力去玩也玩不壞的玩具，撲得毫不客氣。正在指揮部下的魯華輕鬆接住這野丫頭並高高抱起，放在肩膀上。

「小姐不錯喔，這麼有精神。」

魯華個子不高卻有這樣的膂力，真不愧是傭兵團長。

「寇爾，你也——」

他說到一半，突然很刻意地咳一聲改口。

「抱歉，黎明樞機閣下。很高興你別來無恙。」

「別這樣叫我嘛，魯華先生。」

魯華哈哈大笑著放下繆里，叉著腰傲然微笑。

「能夠再次為你們一族效勞，是我們的榮幸。」

繆里傭兵團，是一群知名的北方驍勇戰士。

對方不過是一群騙徒，根本算不上敵人。統整、引導混亂群眾的事，也駕輕就熟了吧。

「話說你們這個計畫也太誇張了。水計我們也常用，但頂多只是妨礙敵人部隊過河而已。你是要把當地一大片土地都淹掉吧？還要把那個地方的人都帶走。」

「跟暴風雪裡行軍，這算不上什麼吧？」

魯華對繆里拍拍胸口，表示那還用說。接著他注意到伊弗，立刻過去向這次的雇主打招呼。

這當中，協助伊弗與大教堂溝通的迦南回來了。見到港邊那群氛圍獨特的傭兵，使他面泛不安。這是因為對迦南這樣的人來說，傭兵等於是災害的別名。

聽我說大可寬心信賴他們以後，迦南是點了頭，但仍一反常態，躲到護衛背後去了。

「前幾個工作都很無聊，這次就來大玩一場吧。」

一回神，繆里已經趁魯華對部下精神喊話時混進其中，完全化為其一員般高呼。

祈禱推不動石頭，神也不會擋下揮來的劍。

紙上的計畫也不過是墨痕。現實是很複雜的，難以預測。

想和繆里一起填補荒唐構想的漏洞，無非是不知天高地厚的我們小腦袋瓜裡一個想法罷了。

我們的目標，是藉由破壞河堤，在不造成死傷的狀況下使河水淹沒低窪土地。神再怎麼寬容，都會為這個計畫直搖頭吧。

即使是魯華所領軍的傭兵團，也不一定能完美掌握如此規模的計畫。光是祈禱上帝保佑一點用也沒有，所以他重新派人調查歐柏克週邊，盡可能利用時間詳查地形。

魯華等人以此地圖制訂計畫，預想了多條避難路線，這計畫的誇張程度也愈趨清晰。破堤的重大任務，終究交給了有巨大狼力的繆里。

畢竟為了表現出水災突然來襲，沒時間派人拿工具過去。

作戰會議上，繆里始終表情嚴肅。

這是因為堵塞破口時，魯華也表示希望能用上狼的力量。若河堤無法即時復原，災情恐怕會巨大得難以想像。她與善於在攻城戰中挖洞填土等土木工程的傭兵們討論的樣子，是前所未有地緊張。

迦南和魯．羅瓦則負責與大教堂方面聯繫，解釋這場人為水災範圍多大，如何收容難民等細節。

以領主身分長年治理艾修塔特的大教堂人員，也搬出歷史記錄來查照，在稍遠處預備兵力和船隻以防萬一。

伊弗為種種費用拉長了臉，拿著羽毛筆不斷呻吟。

而我則是被眾人為同一目標奮力邁進的情境震撼得難以自持。

因為這一連串動作並不單純只是為了幫助受騙民眾，還有個維護黎明樞機名聲的最終目標在，而那個人不是別人，就是我。

別說要我進入狀況了，我現在滿腦子都是疑惑。

可是用謙遜偽裝懦弱的階段早已過去，這種事未來還會發生很多次，而且一次比一次大。

若教會發現黎明樞機開始在大陸活動，就會正式吹響反擊的號角。想與其抗衡，就得取得或利用更多人的幫助，去做只憑我一己之力做不到的事。

有時還要為自己根本沾不上邊的事情負責，或由於力量強大，引起怎麼也不願意見到的結果。

我必須習慣這樣的現實。

要扮演黎明樞機這角色，非得培養出相應的膽量才行。

儘管都這樣激勵自己了，到了執行計畫的前夕——

在這個仍沒有任何人入睡的夜裡，繆里在伊弗的倉庫一室對我說：

「明明別的男生都想當老大，就只有你這樣。」

我的軟弱果然還是瞞不過繆里的眼睛。

「大哥哥，你要跟魯華叔叔一起在附近的山丘上指揮嘛？」

話雖如此，事實上只是無事可做，先待在安全的地方而已。

「我出場的時候要看好喔！」

繆里的任務是挖破河堤。

即使有老練傭兵伴隨，這仍是個危險的工作。如果傭兵不幸被水捲走，她還要負責救人。聽說要是河水洩得太快，她還得叼起裝滿石頭的麻袋跳進水裡擋。

要是在紐希拉聽到這種事，我恐怕會當場昏倒，但我仍把制止的話吞了回去。

繆里應該是辦得到才對，而且我們也需要她的力量。

更重要的事，繆里也想發揮她的力量。

「要是露緹亞聽說尖牙利爪派上大用場，大概會很嘔吧。」

同樣是狼的化身，難免有些競爭心吧。又或許是來自自己比較年長。

想著想著，盯著我看的繆里嘆著氣繞到我背後。

「喂，抬頭挺胸！」

我被她拍得不禁挺直背脊。

接著她不敢置信地抱胸說：

「拜託，這樣人家哪會相信你才是真的黎明樞機啊！」

我想笑卻笑不出來，但還是想充點面子。

「信的人自然會信。至少皮耶雷先生看過聖經譯本就相信我是本人了。」

繆里一副貓聞到臭襪子的臉，聳肩回嘴：

「說不定現在那個『大聲公皮耶雷』，已經被人家當作黎明樞機嘍。」

被繆里亂取綽號的皮耶雷早已先一步離開艾修塔特，在魯華的精銳部下以及亞茲的陪同下前往騙徒的基地。

現在已經冷不防攻進基地裡，將騙徒一網打盡，並「強力勸說」霍貝倫了吧。

在天亮之前，藉挖掘遺跡名義到處挖礦的礦工，也會被他們趁夜抓起來。

到了明天早上，經過強力勸說的冒牌貨上台講道時，霍貝倫會指稱他是冒牌貨，然後繆里會在群眾譁然時破開河堤。

以繆里傭兵團的戰力而言，到這一步不太可能會失敗。

等我們接到夏瓏的鳥同伴回報第一階段——突襲騙徒基地的部分成功以後，我們也會離開艾修塔特。

現在是等候的時間，繆里這個膽子跟母親一樣大的野丫頭，對被她潑冷水也澆不熄熱情的我直搖頭。

這時，門敲響了。

來人是伊弗和迦南。

「鳥來了？」

我不禁這麼問，惹來伊弗的苦笑。

「冷靜點，主將這樣太不像樣了。」

一旁的繆里也用重嘆深表贊同，吹得我縮起脖子。

「主將不是我，是魯華先生才對吧……」

「這樣啊，果然被迦南小鬼說中了。」

「……？」

迦南在伊弗無奈的視線下進房裡來，手上拿著一套衣服。

「雖然這次您並不需要表明自己的身分，但是在群眾倉皇逃命時，應該會有不少人注意到您的身影。」

這時我才發現伊弗和迦南後面還有個魯華。

「我們傭兵團曾有很多次，在暴風雨和暴風雪當中見到守護精靈的影子。」

魯華笑得很愉快，視線又指向迦南的手。

「以後人們就開始會流傳，說自己上了冒牌貨的當，遭到天譴那時，有人在遠方看著他們接受考驗。」

迦南臉頰泛紅，說得像在背誦聖人傳記段落，並將衣服擺在旁邊桌上。

繆里立刻讚嘆起來，我也訝異地往伊弗看。

「不是我準備的。海蘭那傢伙看過你們的信以後，就逮到機會似的把東西託我帶來了。」

擺在桌上的，是一襲氣派的衣服。

黑得像是會把人吸進去，繡了些金邊，充滿剛直威嚴的氣息。

「這身精緻的僧服，不屬於任何教堂或任何修道院，也沒有表示位階的標章，可是不管誰見了，都不會懷疑這個人的聖性吧。」

在教會核心——教廷底下任職的迦南穿的是白色僧服，眼前這件是漆黑的僧服。

「然後是海蘭的留言。」

伊弗交給我信上沒有蠟印，只有海蘭的流利筆跡。

「夜在破曉前最黑。」

讀出這句話，使我深深感受到海蘭是抱持何種心意為我準備這件衣服，以及自己真的是在種種貴人的幫助下，才能來到這裡。

「從外型著手，其實也不是壞事。」

為黑夜帶來光明的黎明樞機。

不禁想起在雅肯聽說有冒牌貨出現時，繆里損我的話。

原來如此，如果在黎明樞機的傳聞中再加上這種衣服，別人就難以輕易模仿了。

我在一臉興奮的繆里催促下脫去上衣，借迦南之手穿上它。

版型近似長袍，穿脫方便，設想得很周到。

沒有腰帶，以鉤為釦，是為了盡量減少裝飾吧。

這恐怕花了一筆嚇人的費用，第一印象卻沒有銅臭味，十分高雅。

布料偏硬，自然令人挺直背脊，端正儀態。

領子扣上會有點勒的感覺，反而舒服。

然後迦南用某種油脂替我抹了抹頭髮。

「喔？」

是魯華的聲音。

伊弗抱胸看看自己的衣服，嘴唇變得有歪，大概是身為商人的她不想在穿著上被我比下去。

幫我更衣的迦南看了看房間，找來一樣東西交到我手上。

這樣故意拿起聖經，老實說讓人有點難為情。我告訴自己這是我的使命，調整呼吸。

然後我看向在這種時候應該最吵的繆里，不禁愣住。

「……」

因為她整張臉紅通通。

「怎、怎麼啦？」

我彎腰問她，她卻瞪大眼睛向後退，像女生一樣低下了頭。

喔不，她本來就是女孩子，只是我從來沒看過她這樣。不知如何是好時，走廊傳來重重的腳步聲。魯·羅瓦也來了。

「各位，時間差不多了。」

是突襲基地的人回報作戰成功了吧。

繆里傭兵團和伊弗的護衛都知道非人之人的存在，利用夏瓏的鳥同伴就能迅速報訊。

為配合早晨的作戰，我們必須把握時間出發。

「喔？黎明樞機閣下，刮目相看啊。」

魯·羅瓦笑呵呵地這麼說之後，帶魯華和伊弗去作準備。迦南興奮地留下一句：「真的很好看！」就追隨而去了。

留在房裡的，只剩我和仍在忸怩的繆里。

「好了，我們也走吧。」

即使我這麼說，她也沒動作。

我只好跪下來，從底下看她的臉。

「妳不是我的守護騎士嗎？」

繆里睜大眼睛，耳朵尾巴都蹦出來，毛還倒豎。

然後用力閉起眼睛，彎腰用兩隻手抓住我的臉。

「這件衣服，不准你脫下來喔！」

「咦？」

「約好嘍！絕對！絕對不能脫掉喔！」

為繆里不知在慌什麼傻眼之餘，我也為不是不好看鬆了口氣。

「雖然我舉不起雙手劍，可是這樣也沒問題吧？」

繆里理想中的隨軍祭司，似乎是能以祈禱癒合同伴傷口，一喝就能震碎大地的人。

嘴抿成一線的繆里收起下巴，更用力抓住我的臉，還豎起指甲。

「大壞蛋！」

然後緊緊抱了上來。

我不太了解繆里的服裝品味，但看來海蘭送來的這件真的很像樣。

我也抱抱繆里，摸摸她的頭再站起來。

「我會從遠方注視妳的表現。」

在離開紐希拉之前，那是我光想像就會臉色發青的危險任務。

繆里以手掌抹去興奮過頭而湧出的淚水，大口吸氣，扶起腰間的長劍，直視我笑著說：

「看我的！」

這張在紐希拉見了只會有滿滿不安的臉，如今卻是非常可靠了。

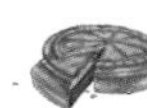

我摸摸她的頭，收起耳朵尾巴，也離開房間。

假如，假如疊了十次而成真，哪天有人寫了黎明樞機的傳記，這裡一定就是轉折點。

到了兼卸貨區的大廳，伊弗、魯．羅瓦、迦南和傭兵都在那等我。

魯華一看到我們就微笑起來。

就連遲鈍的我也知道那是什麼意思。

等繆里綁緊狼徽腰帶後，我說：

「請各位把受到冒牌貨誘騙的迷途羔羊引導到這座城裡。在推廣正確神誨的路上，我需要各位的力量。」

緊張的我在這裡換口氣，又說：

「這是一項困難的任務，願神保佑各位。」

隨後降臨的沉默，正當我以為自己說錯了什麼時，這份擔憂很快就被要震碎窗戶的答應聲給吹散了。

伊弗與其部下、迦南和魯．羅瓦留在城裡，安排難民的收容工作。

城裡的人見到夜裡有這麼多人馬出城而嚇了一跳，不過這種事大概在選帝侯治理的大城沒那麼少見，並沒有引起什麼騷動。
看守城門的衛兵都接到了大教堂的通知，友善地放行。
夜空鋪滿灰雲，星月無光。但繆里傭兵團能在山多的北方地區存活下來，這根本不礙事。
部隊平順行進，到了草木都入睡的時候，終於抵達能遠眺歐柏克的山丘。
我們從這裡分頭，前往各自崗位。
即使充滿濕氣的風帶來了即將降雨的消息，計畫也不會中止。
當眾人各按職務分配貨車與物資紛紛出發時，按捺不住緊張的我，抓住在一旁幫忙的繆里的手。

「要小心喔。」
擔心等於是把人當小孩子看。
原以為繆里會不高興，她卻顯得很害羞。
「你放心看就好了啦，我一定會演得很精彩。」
在場的都是知道繆里身分或知道了也無所謂的人，她早就把耳朵尾巴放出來了。
目光燦爛，說話時尖牙就在唇間忽隱忽現。
那樣的興奮，在這之前只會令人不安，說老實話我也是擔心得不得了，但總算是憋了下來，
對她說：

「好。拜託妳幹得漂亮一點，免得我弄髒衣服喔。」

繆里愣了一下，然後嗤嗤笑起來。

「你跑來一起鬧只會礙手礙腳啦，又不會游泳。」

完全變回平常的繆里了。

「不要帶著一身泥往我身上撲喔。」

這倒是很有可能。

現在穿的衣服實在太昂貴，不敢沾上汙泥。

「好啊，可是等計畫順利完成以後，你要幫我洗毛喔？」

繆里的毛髮承自父親，像是摻了銀粉的灰色。要是沾滿泥巴，洗起來一定很費工夫。

「好好好，包在我身上。」

繆里嘻嘻一笑，回應某個傭兵的呼喊。

動身之前，還撲擊獵物似的抱上來。

「……有金毛的味道。」

繆里退開時不滿地這樣說之後就就跑到傭兵那去了。

我目送那充滿活力的背影，直到被黑夜完全遮掩。

一回神，這個原本滿是人與物資，好比小營地的地方，已完全靜了下來。

「寇爾，喔不，黎明樞機閣下。」

魯華這稱呼使我不禁苦笑。

「不要叫我黎明樞機嘛。」

「可以嗎？這種事習慣很重要喔。」

率領傭兵團的魯華說話很有說服力。

他從少年隨從手中接過椅子，一張朝我擺，另一張擺旁邊自己坐下，抬抬下巴說：

「我也不喜歡人家叫我少主，可是改叫團長，我屁股就發癢。」

我訝異地往魯華看，他稍微瞇起了眼。

「不要跟我部下說喔。」

「那、那當然。」

他隨即笑了笑，手按在我肩上搖兩下。

比在場任何人都更適合作主將的魯華，也有如坐針氈的時候。

那我為這樣的地位忐忑，也不是什麼丟臉的事。

也就是不應該為椅子坐不慣而躁動，而是穩穩坐著它，要自己去習慣。

距離作戰開始的破曉時分還有點時間，我心裡想著黑夜另一邊忙著準備的人們，注視淹沒於黑暗的大地。

繆里已經在河邊就位了吧。

一定是恢復了狼形，笑嘻嘻地扒著鬆軟的地面。

儘管不希望她弄得一身泥，可是想像變成泥人的她朝我跑來，我仍難忍笑意。

拉回視線，正好與站在魯華身邊的少年隨從對上眼。

少年惶恐地退縮，但有件事讓我的眼留在他身上。

「那是……繆里的？」

因為他手上拿著繆里用來亂寫故事的紙疊。

「小姐交代我詳細記錄黎明樞機閣下的一舉一動。」

「……」

那個搗蛋鬼……我在心裡埋怨著，對手持羽毛筆的少年這麼說：

「請你寫我沒有一點緊張的樣子，泰然自若地等待黎明。」

少年傻在當場，魯華哈哈大笑。

這時，聯絡各部隊的鳥兒接連送來信函。

魯華藉零星的火把全看過一遍，表示所有配置順利完成。

再來就是等待騙徒開始早禮拜了。為保住性命，他們已經答應配合計畫。

信上還說，霍貝倫在皮耶雷的勸說下，感激涕零地向神懺悔。

我也向神與過去曾是神的人們，祈禱計畫能順利完成。

大概是風向的緣故，即使離歐柏克這麼遠，仍能聽見細小鐘聲。我也因此發現自己打起瞌睡而趕緊坐正。

周圍已經是一片清亮。

手蓋上臉，想擦去睡意時，發現濕氣很重。

抬頭一看，天上滿是厚雲。

「看這天氣，神也願意幫我們呢。」

魯華一邊餵鳥一邊看地圖，發現我醒了而出聲。

「正適合水攻。」

雨還沒下，但隨時都可能下。

在烏雲密布的天空下被大水追趕，感覺會更恐怖吧。

「好，東西收拾收拾。上馬了。」

傭兵們隨魯華的指令迅速動作。

「黎明樞機閣下會騎馬嗎？」

「狼出發前，有叫馬聽我的話。」

魯華聳聳肩，輕身翻上自己的馬。

我也以離俐落還差了點的動作，騎上來到這裡以後已經騎過好幾遍的馬。

等待下個指令時，魯華身旁的部下雙手附在耳後，聆聽遠方的聲音。

「團長，開始吵了。」

霍貝倫會在騙徒舉行早禮拜時，指稱他們是冒牌貨。

周圍全是深信騙徒是黎明樞機的信徒。

即使有傭兵保護，想到霍貝倫當時有多害怕，我就胃痛。

可是為了阻止家名掃地，我相信他會撐到最後一刻。

不知道他有沒有跟皮耶雷排演過。

又說不定霍貝倫還是怯場了，改由皮耶雷上台大罵。

無論如何，現場必然是一團亂，爆發強烈推擠。

台上的騙徒會是何種表情呢。

是懊惱自己計畫失敗，還是擔心是否能真的保住性命，抑或是不懷好意地在思考如何脫逃。

對寫歷史的人來說，這方面只能憑想像了。但至少接到繆里命令的傭兵團小隨從，正將我現在的表情詳實記在紙上。

為了不被人看笑話，我繃緊面皮，靜待變化。
「烏飛了，到河邊去吧。」
看來歐柏克的混亂正式擴大了。
在他們血氣衝腦時，我們要像阻止貓打架一樣，給他們沖沖水。
「真是的，渾身是膽的我們遇到這種事也會抖一下。」
魯華說完調轉馬頭，往北發進。

出發沒多久，臉便沾上了水。
下起了細小的霧雨。
劃開草叢，蹬起黑土的馬匹前方，漸漸能見到灰濛濛的河流。
遠處河岸停了好幾條船，而更上游的部分——
我看得倒抽一口氣，魯華也像是不禁張開了嘴。
「這還真誇張。」
草枝稀疏的地面上，被繆里挖出了一大條黑黑的溝。
即使離這麼遠，也能看到溝裡噴出黑土，不時還有白色尾巴閃過。

堤上的傭兵，正拿著大鎚往下敲。

一敲、兩敲，腳下的土當場崩塌，同伴趕緊在人跌落前拉回來。

說也奇怪，竟然一點聲音也沒有。

但水流確實就在我們眼前流動起來，轟然奔過那條溝。

挖溝到最後一刻的繆里跳了出來，急流湧上大地。

水流沖垮堤防，決口湧出更多水，進一步加速破壞。

一轉眼，泥水已經淹沒大片土地，且愈來愈廣，我開始擔心堤防是否真能修復了。

不過繆里已經和傭兵們一起做起準備了。

「放心，小姐有我們顧著。不然會被赫蘿大人咬死。」

魯華笑著對我說。

到時候，請算我一份。

「好，歐柏克那邊……啊，你看。」

往魯華所指的方向望去，在相當遠的地方有群人騎馬接近。多半是聽到霍貝倫揭發冒牌貨和水難預言的人趕來看情況了。

他們似乎已注意到腳下淹來的水，急忙勒馬不再前進，折返而去。

因採礦而較低的地形淹了水，就會變得像水道一樣。更別說土裡的排水道會讓水流得更有效率了。

他們全速策馬，一下子就不見了。

「魯華先生，我們走吧。」

泥水像鼠群一樣席捲了芒草地。

隨水流前往歐柏克的路上，我緊緊地握住轡繩。

不是要直接幫助他們。

就只是，我不能連看都不看。

「神啊，請保護他們。神啊——」

我嘴裡不停祈禱，快馬加鞭地趕路。

抵達能盡覽歐柏克的山岡上時，那裡已經亂成一團。

「水來了！大水來了！」

「到大教堂去！神降下的懲罰，只有到那裡才能得救！」

傭兵們在歐柏克外圍呼喊，引導四處奔逃的群眾。

有人什麼也不帶就跑，有人扛著比自己還要大的袋子。

還有人不知為何捧著鍋子，各式各樣。

這當中，幾名聖職人員站在木箱之類的東西上，死命揮舞雙手指示路線，使群眾逐漸往固定方向流動。

果然還是有真的聖職人員在，不全是騙徒。

識路的人隨著他們的呼喊避難，其他人見了也一個接一個跟上。

凝目一看，還有個人在馬背上揮旗引導群眾，大概是霍貝倫。

他的祖先，用抽水機將這片浸水的土地改善成可供人居的地方。

引導群眾時，這歷史的榮耀會加強他的使命感吧。

一片混亂，隨時要炸碎的歐柏克居民慢慢恢復原來的形狀，化為向西行進的人流。

打碎他們的純真希望，的確是使我有點罪惡感。

絕大多數的商人、工人，都要放棄不少的財產。

有人在逃跑途中跌倒，有人已經無力行動，讓傭兵的馬載著跑。

前往大教堂的路，是一段不短的平緩下坡道，所以這段時間，他們需要與被水追上的恐懼對抗。最後一段是上坡的樣子，不過徒步起來是段頗長的距離。

水已經淹到歐柏克北端，具有生命似的將地面染成泥水的顏色。

假黎明樞機被逮後，在其周圍要求釋放他的人們也終於逃跑了。傭兵們將冒牌貨與其同夥五花大綁放在馬背上，氣定神閒地殿後，濺起水花往西走。

其中有匹馬始終停在原地，注視著在遠處也很顯眼的「元始教堂」。是霍貝倫。

一名傭兵喊了他之後，他才不捨地調轉馬頭。水愈來愈高，已經淹沒馬匹的腳踝了。

雖然霍貝倫應該是受到脅迫才會幫助他們，但是說不定心裡的某個角落，也希望能夠藉此振興家族。

而如今他卻看清歐柏克是場惡夢，要甩開某些東西似的策馬。

原本那般狂熱的歐柏克，就這樣轉眼成了空殼。

那一整片棚屋聚落少了人之後，看起來貧窮得難以置信。沒什麼東西比這畫面更令我感受到，信仰與狂熱的脆弱。

我拭去臉上的雨滴，特別叮嚀做記錄的小隨從那不是眼淚。

曾受過眾多領主僱用，經歷無數次撤退戰的魯華，是早已習慣這類感傷的臉。

水勢平靜無波，速度卻相當快。

我們也加快速度，免得反遭吞噬。

水流已經追上徒步逃難者的末端，真正營造出悲情的感覺。

多虧傭兵眼光精準，讓我們騎在低地中最突出的部分，不會被水捲走。如果是像他們一樣徒步逃跑，那恐懼一定非常巨大。

我拚命忍耐想鼓勵他們的衝動，隔了段距離跟在後頭，忽然間聽見了聖歌。

有人鼓起勇氣唱起歌來，得到眾人的跟從。

以巨狼為旗徽的魯華對他們信仰之堅定不禁苦笑，心靈依然純真的小隨從，則震懾於那樣的氣氛。

在不毛之地上逃離洪水的人們頭頂上，有夏瓏的鳥同伴如天使般盤旋。

如果在歷史記錄中有這樣的插圖，一定能帶來強烈的感動。

「黎明樞機閣下。」

與我並駕的魯華說道：

「該你出場了。」

他短短這麼說，注視著我。

魯華的職務是總指揮，而我在此是為了更崇高的目的。

或許那和我想要的形象有些許不同。

但我的目標，仍與我離開紐希拉那當時沒有絲毫改變。

「沒問題。」

我輕蹬馬腹，握緊韁繩奔去。魯華沒有特別追來，距離愈拉愈大。

能聽見的，只有蹄踏馬喘，風掠過耳際、雨滴砸在臉頰上的聲音。

還有人們尋求救贖的聖歌。

我事先見過地圖，受過地形講解，小心辨識細微的起伏，騎往不比平地高多少的丘上。不經意地，我發現頭上有隻鳥兒，像在為我帶路。

總覺得是繆里派來的。嫌大哥哥不可靠之類的。

我仰望著鳥兒，笑著揮揮手，牠繞個圈就離開了。

目的地就在那底下。逃難的群眾，也清楚感到腳下是上坡路了吧。前方還有段距離，但已能見到大教堂的尖塔。

我站在能稍微望見他們的小丘上，沒有要做什麼，也提供不了什麼幫助。

可是，那仍是我的任務。

所幸雨勢並不強，無非是正適合這氣氛的霧雨。

「神啊，救救我們。」

我低語著伸直右手。

始終看著腳尖的人們抬起頭，單純是因為看見了大教堂的尖塔吧。

我就只是站得遠遠地，像個傻瓜一樣，伸手指示方向而已。

雨勢不強，霧雨卻使得視線朦朧，更何況誰又會想到有人站在這裡。

然而，我仍覺得有幾個人正看著我。是錯覺也無所謂。

我將指向西方的手挺得更直，為人們指示前路。
臉上帶著微笑，是因為明白了繆里每晚都要寫故事的心情。

終

幕

脫離泥濘，踏上堅硬鋪石後，歐柏克的難民全都折紙似的癱垮下來。

已有準備的大教堂人員溫情接納那些害怕被捕的難民，帶回各教區的教堂。單純路經歐柏克的外地人，則由衛兵帶到伊弗安排的旅舍等處。

曾與假黎明樞機有同樣狂熱的聖職人員，在面對大教堂人員時顯得有些尷尬，但他們終究是受神誨感召的教友，還是牽起了伸來的手。

霍貝倫過城門時，引起了一點小騷動。

只是那並非壞事。當城裡人發現突然湧進來的人全是遭遇水災的歐柏克難民，便想起從前從這片土地消除水患的就是霍貝倫家的祖先，把他當救世主看待。

見到為突來的擁戴不知所措的他，我也感同身受地深深點頭，看得魯華無言以對。

到了伊弗的倉庫，正好有幾隻鳥飛下來。略濕的紙上，寫著河堤已經修復完畢。

簡單來說，我在這整段過程中做的就是騎馬出城，打了個盹之後見習人家的計畫，最後在還不曉得有沒有人會看見的狀況下，傻傻地指示方向。

但這樣就讓我累得可以，當魯華忙著準備慰勞撤退過來，或如牧羊犬般平安引導歐柏克難民的部下時，我在倉庫找個角落坐下，頓時就昏睡過去。

直到耳畔出現搔癢感與含笑的聲音，才恢復意識。

「啊，他醒了。」

繆里熟悉的臉龐全是泥。

「……唔，我的腰……」

想爬起來，卻渾身作痛。大概是不慣於騎快馬，再加上行動期間我緊張得超乎想像的緣故。

「為什麼你什麼都沒做還會這樣？」

我無法反駁繆里。

好不容易坐起來看看左右，發現任務最艱難的人都回來了，沾滿泥巴的衣物與器具堆得到處都是。

「你們都沒事嗎？」

雖然顯然沒這麼問的必要，看她一副在等我問的樣子，我就問了。

她那身怎麼弄髒都無所謂的小伙計服裝，如今像是泥巴做的鎧甲。

臉上的泥巴，隨著她咧嘴一笑片片剝落。

手上都是龜裂的泥，頭髮也變成土色。

「不先洗澡啊？」

「那些哥兒們都直接衝到海裡了，可是那很冷。」

將傭兵稱為哥兒們的繆里聳肩回答。

我對她笑了笑，總算是站了起來。

這時才注意到瀏海不太對勁，沾了好幾塊泥巴。

大概是繆里趁我睡著搞的鬼。

「我沒碰你衣服喔，髒掉就不好了。」

這時我才往衣服看。應該在坐下前先脫掉的。

「好了，趕快換掉。熱水已經放好了。」

「？」

我投出「什麼意思」的視線，繆里的眼睛立刻變成三角形。

「開玩笑的啦。」

看我笑起來，繆里的臉馬上拉下來。

「感覺上……大哥哥變成大人了……」

「我一直都是大人啊。」

繆里像個傭兵似的對我這回答哼一聲。

這樣的人也曾被稱為太陽聖女，可見世人的評判有多麼不可靠。

「喔，你醒啦？」

這時伊弗帶部下來了。

手上拿著一疊羊皮紙，羽毛筆夾在耳朵上。皺著眉頭，是正在為這場大戲的費用頭痛吧。

「明天一早就要去跟大教堂談事情了，弄乾淨一點。」

「唔……好……」

即使大教堂並不敵視黎明樞機，那也不會是敞開胸襟的愉快會面。

霍貝倫突然受到民眾擁戴，以及天上掉下來的銅礦開採權，都與我們脫不了關係。

再加上能否拉攏艾修塔特的選帝侯大主教，將成為今後動向的指針。

不僅不許失敗，還擔心對方看不起黎明樞機只是個小毛頭。

然而我面前，還有個渾身是泥的野丫頭。

如果我能在大主教等人面前抬頭挺胸，都是因為有她在監督我，讓她高興一下也無妨。

走向熱水所在的中庭時，繆里突然叫說：

「啊！對了！還有一件事！」

「什麼事？」我伸手擋住突然逼來的泥人。

「大哥哥，你是不是有逼我請來當書記的男生亂寫？」

「書記……」

這誇張的詞害我一時反應不來，應該是代繆里用她那疊寫故事的紙上做記錄的傭兵團少年沒錯。

「你哪有可能像人家寫得那麼帥？應該是緊張到睡著以後，被魯華叔叔叫起來，然後嚇得歪七扭八吧？」

她熱情的紅眼睛，比冰冷時更有威力。

「……妳是聽鳥說的嗎？」

或者是旁邊的馬。

繆里聳個肩，又抖下一堆泥塊。

「你的事全都瞞不過我啦！」

就像繆里瞞不過我一樣。

「妳應該沒有只顧著挖洞，給人家傭兵添麻煩吧？」

「才沒有咧！每個都在誇我好嗎！」

「話說回來，要是妳又在紐希拉做那麼可怕的事，小心尾巴真的會被剃光喔。」

繆里和我不一樣，看到水湧出來一定興奮了一下吧。

「我、我才不會。」

這回答完全沒有先前的氣焰。

紐希拉還有賢狼在，應該是不用擔心這種事。

「不過呢——」

路上，繆里在我身旁頗為正經地說：

「我開始有點覺得，尖牙利爪不是萬能的了。」

「……」

繆里看著我，露出成熟的淺笑。

「我在堤防上挖出的缺口，其實只有一點點而已。原本還以為我認真起來，可以挖出更厲害的洞呢。」

我是能將那般孩子特有的狹窄視野一笑置之。

可是繆里看著自己的手，握緊再張開。

像在檢視自己在世界上的位置。

「見到妳順利地長大，我真的很高興。」

「……」

繆里的視線從手掌抬起，笑嘻嘻地說：

「想結婚的話要告訴我喔？」

「想上新娘課程的話，我倒是可以幫妳。」

繆里嘟起嘴，下意識要打我肩膀卻收手了。

「討厭啦，大哥哥！趕快把那件衣服脫掉！」

「以後我罵人就把這件穿起來好了。」

「大哥哥大笨蛋！大壞蛋！」

我對罵了就跑的繆里一陣莞爾，總算是脫下黎明樞機的外殼。

張望著該放哪裡好時，有人大喊：「大～哥～哥～！」

現在就說她長大了，恐怕過早。

最後我將袍子交給路過的伊弗手下，捲起袖子到繆里那去。

如果黎明樞機的傳記上有這段，會是為聖女洗腳的美談嗎。

「啊～好想泡溫泉！」

我看著滿嘴抱怨的繆里，決心向皮耶雷請教一些撬開耳朵，將神誨塞進去的訣竅。

後記

感謝愛護，我是支倉。我好像中了五十肩，脫衣服或睡覺翻身都很難受。

寫這篇後記時，插圖方面我只有看過封面的草稿，但已經覺得寇爾很帥了。旅程的目標變得清晰，使他總算有了主角的樣子。

有鑑於此，我開始思考這系列還有幾集能寫，和自己還能再當幾年作家。這年紀的人就是會想很多。

剛出道時，還以為這條路永無止境呢。

我是很想當個百本作家，可是一年三本也差十七年左右，連一半都還沒到……

想到那時會是電擊文庫五十週年，我又渾身一抖。根本已經是靠ＡＩ寫小說，ＡＩ還有人權的年代了。還有人類生存的空間嗎？

感覺會像傳統工藝品那樣用「人寫的喔！」當廣告標語。好像可以寫一篇ＡＩ聊說人類寫的就是比較溫暖的短篇。搞不好已經有了。

順順地寫到這裡才發現，篇幅還剩下一半……

我真的沒東西能寫了啦。每次看到小說家受邀寫散文或專欄，都覺得很厲害。啊，這期的故鄉稅，我訂了河豚鍋組合，好想趕快吃吃看。要是沒有下集了，犯人就是河豚。（註：日本推行「故鄉稅」，只要捐款給地方政府，扣除個人負擔額兩千日圓，就能減免所得稅及住民稅，還可拿到各捐贈地區所提供的回禮。）

手在哪停下，就從哪裡寫起。我想起這句格言，便真的把自己手停下來的事寫出來了。又灌兩行了。

好想乾脆用啊啊啊啊啊啊啊灌水。字數是算錢的，這樣好像會被罵，可是後記應該沒關係吧。啊啊啊啊啊啊啊……

還差一點！

剩五行！

四行！

三行！

兩行！

我們下集再會！

支倉凍砂

靠死亡遊戲混飯吃。 1 待續

作者：鵜飼有志　插畫：ねこめたる

第18屆MF文庫J輕小說新人賞優秀賞作品
一窺美少女們荷槍實彈的死亡遊戲殊死戰！

醒來以後，發現自己人在陌生的洋樓，身上穿著不知何時換上的女僕裝，而有同樣遭遇的少女還有五人。「遊戲」開始了，我們必須逃出這個充滿殺人陷阱的洋樓「GHOST　HOUSE」。涉入死亡遊戲的事實，使少女們面色凝重——除了我以外……

NT$240/HK$80

魔法科高中的劣等生 Appendix 1~2 待續

作者：佐島 勤　插畫：石田可奈

莉娜變身為美少女魔法戰士？深雪成為偶像？
書中角色呈現各種面貌的搞笑短篇集登場！

——昔日隸屬於STARS候補生部隊「STARLIGHT」的莉娜，部隊交付給她當成畢業課題的任務是成為魔法少女？——這是說不定發生過的可能性之一，深雪與真由美唱歌跳舞，成為偶像進行藝能活動？紀念《魔法科》系列十週年，將特典小說集結成冊第二彈！

各 **NT$300/HK$100**

國家圖書館出版品預行編目(CIP)資料

新說狼與辛香料狼與羊皮紙/支倉凍砂作 ; 吳松諺譯. -- 初版. -- 臺北市 : 臺灣角川股份有限公司, 2024.02-
冊 ; 公分. -- (Kadokawa fantastic novels)
譯自 : 新説 狼と香辛料 狼と羊皮紙
ISBN 978-626-378-603-5(第9冊 : 平裝)

861.57　　112021366

Kadokawa
Fantastic
Novels

新說 狼與辛香料
狼與羊皮紙 9
（原著名：新説 狼と香辛料 狼と羊皮紙IX）

2024年2月26日　初版第1刷發行

作　　者：支倉凍砂
插　　畫：文倉十
日版設計：渡辺宏一
譯　　者：吳松諺

發 行 人：台灣角川股份有限公司
總　　監：呂慧君
總 編 輯：蔡佩芬
主　　編：林秀儒
編　　輯：黎夢萍
設計指導：陳晞叡
美術設計：莊捷寧
印　　務：李明修（主任）、張加恩（主任）、張凱棋

發 行 所：台灣角川股份有限公司
地　　址：104台北市中山區松江路223號3樓
電　　話：（02）2515-3000
傳　　真：（02）2515-0033
網　　址：www.kadokawa.com.tw
劃撥帳戶：台灣角川股份有限公司
劃撥帳號：19487412
法律顧問：有澤法律事務所
製　　版：巨茂科技印刷有限公司
ISBN：978-626-378-603-5